스토리 **탈무드**

별처럼 반짝이는 심오한 이야기들….
5천 년간 이어져 온 지혜의 바다에 뛰어들어 보자!

스토리 탈무드
Story Talmud

마빈 토케이어 지음
김지영 엮음

브라운힐
BrownHill Pub

들어가는 말

'탈무드(Talmud)'는 히브리어(語)로 '배움' 혹은 '연구'라는 뜻을 가지고 있습니다.

여기서 말하는 책으로서의 ≪탈무드≫는 무엇보다 엄청난 분량으로 우리를 놀라게 합니다. 모두 20권으로 1만 2천여 페이지에 이르며, 그 속에 250만 개 이상의 낱말이 있고, 무게로는 75kg에 달합니다.

≪탈무드≫란 무엇이며, 어떻게 만들어졌고, 어떤 책인지를 몇 구절로 설명하기란 쉽지 않은 일입니다. 지나치게 단순화시켜 설명하자면 참된 의미를 왜곡하게 되고, 그렇다고 자세히 설명하자면 한이 없기 때문입니다.

≪탈무드≫는 사실 책이라기보다는 위대한 문학이라고 할 수 있을 것입니다. 기원전 5백 년에서 기원후 5백 년까지 입에서 입으로 전해져 내려오던 이야기들을, 10년이라는 긴 세월에 걸쳐

2천 명에 달하는 학자들이 힘을 합쳐 편찬해 낸 것이 바로 이 1만 2천여 페이지에 이르는 ≪탈무드≫입니다.

그 당시엔 엄청나게 많은 구전(口傳)이 이곳저곳으로 분산되어 있는 상태였습니다. 정치가나 관리, 부자 또는 유명한 사람들이 그 구전을 이어온 게 아닙니다. 순수한 학자들에 의해 문화, 윤리, 종교, 관습이 대대로 전해져 내려온 것입니다.

유대인들은 ≪탈무드≫의 소중한 부분들이 상실될 것을 염려하여 여러 곳으로부터 전승자들을 불러 모았습니다. 그때 전승자들 중에서 두뇌가 우수한 사람은 의도적으로 제외했는데, 그 이유는 그들이 자신의 독단적인 생각을 삽입시켜 진실을 변형시키지나 않을까 염려해서였습니다.

이렇게 하여 수백 년 동안 구전되어 오던 ≪탈무드≫의 편찬 작업이 여러 도시에서 동시에 진행되었습니다. 그런 과정을 거쳐 현존하는 것으로 바빌로니아의 ≪탈무드≫와 팔레스티나 ≪탈무드≫가 있는데, 그중 바빌로니아 ≪탈무드≫가 정통으로 취급되어 가장 권위를 인정받고 있습니다. 따라서 일반적으로 ≪탈무드≫라고 하면, 이 바빌로니아 ≪탈무드≫를 일컫는 것입니다.

≪탈무드≫는 법을 논하고 있지만 법전은 아니며, 역사를 얘기하고 있지만 역사책이 아니고, 수많은 사람들에 대한 이야기가 나오지만 인명사전이 아닙니다. 또한 백과사전이 아니면서 백과사전과 같은 역할을 하고 있습니다. 달리 말하자면 5천 년 유대인의 지혜이고, 총괄된 정보의 저장고라고 할 수 있는

게 ≪탈무드≫입니다. 유대인의 지적 자산과 정신적 자양분은 모두 여기에 집약되어 있다고 해도 과언이 아닙니다. 유대인들은 ≪탈무드≫가 방대한 내용과 심오한 뜻을 담고 있다 하여 '바다'에 비유하기도 합니다.

≪탈무드≫는 오랜 유랑의 역사를 지니고 있는 유대 민족을 굳건히 연결해 준 구심점이었습니다. 오늘날의 유대인 모두를 ≪탈무드≫ 연구자라고 말할 수는 없지만, 그들이 정신적인 자양분을 ≪탈무드≫에서 얻고 있으며 생활의 규범이 거기에서 비롯되는 것만은 사실입니다. ≪탈무드≫를 유대인이 지켜왔다기보다는 오히려 ≪탈무드≫가 유대인을 지켜왔다고 말할 수 있습니다.

많은 사람들 또한 ≪탈무드≫를 일컬어 '유대인의 얼이 담긴 유대인의 문화유산'이라고 합니다. 하지만 생각해 보면 오히려 '인류의 문화유산'이라고 하는 것이 적절할 듯싶습니다. ≪탈무드≫는 진정한 의미에서 뛰어난 문헌일 뿐만 아니라 웅장하고 호화로운 문화의 모자이크입니다. 이러한 ≪탈무드≫를 제외하고서는 서양 문명의 모체가 되는 문화 형식과 사고방식을 제대로 이해할 수 없을 것입니다.

독자의 입장에서 볼 때 탈무드는 단순히 읽는 책이 아니라 사색하며 배우는 책입니다. 이를테면 그날그날 읽고 배운 내용을 곰곰이 되새겨본 다음, 각자가 생활 속에 응용할 수 있는 지혜를 일기처럼 적어두는 방법도 좋습니다.

인간중심주의 생각일지 모르지만 본능에 따라 살아가는 생물들은 삶이 편할 것 같습니다. 사람은 숨을 거두기 직전까지 '어떻게 살아야 할까?'를 고민해야 하는 존재입니다. 이것은 한순간도 우리 머리를 떠나지 않는, 실로 중차대한 문제가 아닐 수 없습니다.

그런 뜻에서 이 책에서는 ≪탈무드≫의 '삶에 대한 가르침'을 모아보았습니다. '올바르게 사는 삶', '더불어 사는 삶', '지혜롭게 사는 삶', '분별하며 사는 삶'의 넷으로 나눈 주제 아래 108편의 스토리(story)를 여러분께 선사합니다.

5천 년간 이어져 온 인류의 성찰(省察) ≪탈무드≫, 지혜의 큰 바다에 뛰어들어 보시기 바랍니다.

엮은이

≪탈무드≫는 유대인의 구전 전승인 미슈나(Mishna)와 미슈나에 동반된 주석이자 '전통적 가르침'으로 여겨지는 게마라(Gemara)가 합쳐져서 만들어진 책입니다. ≪탈무드≫는 발견된 지역별로 크게 두 가지로 나누어지는데, 하나는 팔레스타인 지역에서 발견된 팔레스티나 ≪탈무드≫(혹은 예루살렘 ≪탈무드≫)로 4세기 말경에 편찬된 것으로 알려졌으며, 또 다른 하나는 메소포타미아 지역에서 발견된 바빌로니아 ≪탈무드≫로 6세기경까지 편찬된 것으로 알려져 있습니다.

현재 우리가 흔히 아는 ≪탈무드≫는 바빌로니아 ≪탈무드≫로, 그 내용이 팔레스티나 ≪탈무드≫에 비해 더 충실하다고 평가됩니다.

차 례

들어가는 말 ··· 5

1. 올바르게 사는 삶

진정으로 마을을 지키는 사람 ······················· 21

당나귀에 딸려온 다이아몬드 ························· 23

사랑의 맹세 ··· 25

하늘이 맡긴 보석 ··· 28

돈의 유혹을 뿌리친 효자 ······························ 30

누가 더 효자일까? ·· 32

거래의 규범 ··· 34

더 붉은 피 ·· 36

또 다른 경영자 ·· 38

두려워하는 것 ·· 41

안식일(安息日)이라는 조미료 ······················· 43

자선의 네 가지 유형 ····································· 45

남들이 이럴 때는… ······································ 47

가장 나쁜 죄는? ·· 48

사필귀정 ··· 51

붕대와 법률 ·································· 55

광 대 ······································· 56

선한 사람 ·································· 59

백정과 이웃이 된다니… ·················· 60

하느님이 기뻐하는 세 가지 일 ··········· 63

허비한 시간을 되찾는 법 ················· 64

마지막 날에 창조된 인간 ················· 66

인 생 ······································· 67

인 간 ······································· 69

가 정 ······································· 71

악(惡) ······································· 73

교 육 ······································· 75

2. 더불어 사는 삶

등불을 들고 걷는 앞 못 보는 노인 ················· 79

보트 구멍을 고쳐놓은 페인트공 ················· 81

초청받지 않은 사람 ················· 84

육체와 정신 ················· 86

하나의 몸에 두 개의 머리 ················· 88

거미, 모기 그리고 미치광이 ················· 90

개와 독이 든 우유 ················· 92

마법의 사과 ················· 94

공로자는 누구? ················· 97

아담의 갈비뼈를 훔친 도둑 ················· 100

갈비뼈로 여자를 만든 이유 ················· 102

선(善)과 악(惡)의 동행 ················· 103

성공한 랍비가 우는 까닭은? ················· 104

낯선 동물 ················· 106

자선의 대가 ················· 108

당신 자식들이 누구입니까? ·········· 111

사 랑 ·········· 113

용서받을 수 있는 거짓말 ·········· 114

환 심 ·········· 115

복수와 증오의 차이 ·········· 117

시간이 없는 세계 ·········· 119

방 문 ·········· 123

남자의 일생 7단계 ·········· 125

여 자 ·········· 127

친 구 ·········· 129

동 물 ·········· 130

3. 지혜롭게 사는 삶

노인이 나무를 심는 이유 ·· 133

왕이 된 노예 ·· 135

잔치에 초대받은 두 신하 ··· 138

세상에서 가장 지혜로운 작별인사 ···························· 139

솔로몬의 재판 ··· 141

누가 진짜 엄마일까? ·· 144

친아들과 무덤 ··· 146

삶은 달걀 ··· 148

소년 재판관 ··· 152

재판받은 닭 ··· 156

슬기로운 행동 세 가지 ·· 158

유대의 신(神) ··· 162

더 나은 보석 ·· 164

공평한 품삯 ··· 167

세 친구 ··· 169

아버지의 유서 ···················· 171

되찾은 돈주머니 ················ 174

황제와 랍비의 무언극 ········ 177

시집가는 딸에게 하는 현명한 어머니의 당부 ········ 180

가정의 평화를 위해서라면 ········ 182

화병을 깨버린 이유 ·············· 184

생각의 차이 ······················ 186

자기 자신부터 사랑하라 ········ 188

악한 사람들을 대하는 태도 ········ 190

세 가지 교훈 ······················ 192

비범한 일 ·························· 194

처 세 ····························· 196

판 사 ····························· 200

돈 ································· 201

4. 분별하며 사는 삶

다섯 부류의 인간 유형 ················· 205

인간에 대한 평가 ···················· 208

못생긴 그릇 ························· 210

눈에 보이지 않는 보물 ··············· 213

하느님 ····························· 216

강자와 약자 ························· 217

헐뜯지 않는 입 ····················· 219

뱀의 머리와 꼬리 ··················· 220

셋째 딸의 험담 ····················· 223

사자 목구멍에 걸린 뼈 ·············· 225

세 치 혀·1 ························· 227

세 치 혀·2 ························· 229

세 치 혀·3 ························· 230

여자의 힘 ··························· 231

필연적인 만남 ······················ 232

불가사의한 일 ⋯⋯⋯⋯⋯⋯⋯⋯⋯⋯⋯ 234

굴뚝 청소를 한 두 아이 ⋯⋯⋯⋯⋯⋯⋯ 237

암시장 ⋯⋯⋯⋯⋯⋯⋯⋯⋯⋯⋯⋯⋯⋯ 239

악 담 ⋯⋯⋯⋯⋯⋯⋯⋯⋯⋯⋯⋯⋯⋯ 241

손 ⋯⋯⋯⋯⋯⋯⋯⋯⋯⋯⋯⋯⋯⋯⋯ 243

여우와 포도밭 ⋯⋯⋯⋯⋯⋯⋯⋯⋯⋯⋯ 244

전화위복(轉禍爲福) ⋯⋯⋯⋯⋯⋯⋯⋯⋯ 246

엉뚱한 시험 ⋯⋯⋯⋯⋯⋯⋯⋯⋯⋯⋯ 248

자기가 당하고 싶지 않은 일 ⋯⋯⋯⋯⋯ 251

악마의 선물 ⋯⋯⋯⋯⋯⋯⋯⋯⋯⋯⋯ 252

술 ⋯⋯⋯⋯⋯⋯⋯⋯⋯⋯⋯⋯⋯⋯⋯ 254

1. 올바르게 사는 삶

진정으로 마을을 지키는 사람

　한 유명한 랍비가 이스라엘의 가장 북단에 있는 한 마을을 시찰하기 위해 두 랍비를 보냈습니다. 마을에 도착한 그들은 사정을 살피기 위해 그 마을 사정을 잘 아는 사람을 불러 다음과 같이 부탁했습니다.

　"이 마을을 지키고 있는 사람을 만나 이야기를 좀 나누고 싶소."

　부탁받은 마을 사람은 마을의 치안을 담당하는 경찰서장을 데려왔습니다. 그러나 두 랍비는 그를 그냥 돌려보내며 이렇게 말했습니다.

　"우리는 이 마을을 지키고 있는 사람을 만나고 싶소. 그러니 그분을 모시고 와주십시오."

　그러자 부탁받은 마을 사람이 이번에는 국경을 수비하고 있는 부대장을 데려왔습니다.

그런데 두 랍비는 이번에도 고개를 흔들며 마을을 지키는 사람을 모셔오라고 재차 말하는 것 아니겠습니까.

부탁받은 마을 사람이 답답한 마음에 물었습니다.

"랍비님, 이 마을을 지키는 사람이라니 도대체 누구를 말하는 겁니까?"

그러자 한 랍비가 웃으며 말했습니다.

"마을을 지키는 사람은 경찰서장이나 부대장이 아니라오. 바로 마을의 아이들을 가르치는 학교 선생님이오."

"선생님이라고요?"

마을 사람이 고개를 갸웃거렸습니다.

이번에는 또 다른 랍비가 말했습니다.

"경찰이나 군인은 재산을 지켜 주지만, 선생님은 지식을 지켜 주지 않습니까? 이 마을이 잘사는 것은 돈이 많아서가 아니라 공부를 열심히 하는 사람들이 많아서입니다. 그러니 선생님이야 말로 진정으로 마을을 지키는 사람이라고 할 수 있지 않겠소."

☞ 유대인들은 2천 년 이상 그들의 언어와 민족성을 지켜내는 데 성공한 유일한 민족입니다. 유대인들은 지금도 나라와 은과 금은 빼앗길 수 있어도, 결코 빼앗길 수 없는 것이 바로 머릿속에 들어 있는 기술과 지식이라고 믿고 있습니다. 그래서 진정으로 마을을 지키는 사람은 경찰서장이나 부대장이 아닌 학교 선생님이라고 ≪탈무드≫에서 이야기하는 것입니다.

당나귀에 딸려온 다이아몬드

어떤 랍비가 나무장사를 하여 생계를 유지해 나가고 있었습니다. 산에서 나무를 베어 시장에 가져다 파는 데는 생각보다 시간이 오래 걸렸습니다. 그는 될 수 있는 대로 오가는 시간을 줄여 공부에 열중하겠다고 생각해 당나귀를 한 마리 사기로 했습니다.

어느 날 그는 시장에 나가 아랍인에게서 당나귀를 한 마리 샀습니다. 그러자 그의 제자들은 스승님이 더 빨리 시장을 오갈 수 있게 되었다고 기뻐하며, 냇가로 가서 당나귀를 물로 씻기기 시작했습니다.

그런데 당나귀를 씻겨주던 한 제자가 갈기에 다이아몬드가 붙어 있는 것을 발견했습니다. 제자들은 스승님이 이제 가난한 나무꾼 신세에서 벗어나, 마음 놓고 공부하며 자기들을 가르칠 시간도 더 많아졌다고 기뻐했습니다.

그러나 랍비는 당나귀를 판 아랍인에게 그것을 돌려줘야 한다고 단호하게 말했습니다.

"하지만 스승님이 산 당나귀에서 나온 것이 아닙니까?"

제자들의 질문에 랍비가 반문했습니다.

"나는 당나귀를 산 일은 있지만, 다이아몬드를 산 일은 없다. 내가 산 것만을 갖는 게 옳지 않으냐?"

랍비가 아랍인에게 다이아몬드를 돌려주려 하자, 아랍인이 물었습니다.

"당신이 당나귀를 샀고, 다이아몬드는 당나귀에 딸려 있던 것이니 당신 것이 맞습니다. 그런데 그것을 왜 나에게 돌려주려 합니까?"

랍비가 대답했습니다.

"유대의 전통으로는 돈을 내고 산 물건 이외에 다른 것을 더 가져서는 안 됩니다. 그래서 이것을 당신에게 돌려드리는 것입니다."

이에 아랍인이 감탄하며 경의를 표했습니다.

"당신들의 하느님은 진정으로 위대하십니다."

☞ 비싼 보석보다 더 값진 것이 정직한 마음입니다.

사랑의 맹세

　아름다운 처녀가 가족과 함께 여행하고 있었습니다. 그런데
어느 날 그녀는 혼자서 산책을 하다 그만 길을 잃고 가족과
헤어지고 말았습니다.

　길을 찾아 여기저기 헤매다니다 보니 그녀는 몹시 목이 말랐
습니다. 그때 멀리 떨어진 곳에 있는 우물이 어렴풋하게 눈에
들어왔습니다. 그녀는 급히 달려가, 허겁지겁 두레박줄을 타고
내려가서 물을 벌컥벌컥 들이켰습니다.

　물을 실컷 마신 다음 다시 올라가려고 하니까 우물이 너무
깊어 어떻게 해야 할지 앞이 막막했습니다. 그녀는 엉엉 울면서
살려달라고 소리를 지르기 시작했습니다.

　이때 마침 우물가를 지나던 젊은이가 그녀가 지르는 비명을
듣고 달려와서 그녀를 구해주었습니다.

　그녀는 생명을 구해준 젊은이에게 감사의 말을 전했고, 이내

사랑을 약속하게 되었습니다. 그러나 젊은이는 다시 길을 떠나지 않으면 안 되는 상황이었습니다.

젊은이는 영원히 사랑하겠다고 맹세하면서, 다시 돌아오는 날 결혼하자고 약속했습니다.

그러나 두 사람의 주변에는 약속을 증언해 줄 만한 사람이 아무도 없었습니다.

그때 족제비 한 마리가 나타나 두리번거리다가 숲속으로 사라졌습니다.

그녀는 족제비를 본 순간 이렇게 말했습니다.

"지금 막 지나간 족제비와 바로 우리 옆에 있는 이 우물이 증인이에요."

두 사람은 아쉬운 작별인사를 나누고 헤어졌습니다.

그녀는 그가 돌아올 날을 기다리며, 한 해 한 해 세월을 보내고 있었습니다. 그러나 그녀를 떠난 젊은이는 사랑의 맹세 따위는 까맣게 잊은 채 얼마 지나지 않아 딴 여자와 결혼하여 아들까지 낳고 행복하게 살았습니다.

어느 날, 그의 아이가 집 밖에서 놀다가 그만 풀밭에서 잠이 들었습니다. 그런데 그때 갑자기 족제비가 나타나 아이의 목을 물어뜯었고, 그 바람에 죽고 말았습니다. 아이가 죽자, 그와 그의 아내는 몹시 애통해했습니다.

하지만 그 사고가 일어나고 얼마 지나지 않아 그들 사이에서 또다시 예쁜 아이가 태어났습니다. 그들은 다시 예전처럼 행복한 나날을 보냈습니다.

또다시 세월이 흘러 아이는 아장아장 걸을 수 있을 만큼 건강하게 자랐습니다. 그러던 어느 날, 아장아장 걷던 아이가 까치발을 들고 우물 속에 비치는 그림자를 들여다보다가 그만 우물에 빠져 죽고 말았습니다.

젊은이는 아이를 둘씩이나 잃고 난 뒤에야, 자신이 옛날에 했던 사랑의 맹세가 문득 생각났습니다. 자신과 그녀가 맹세할 때 족제비와 우물이 증인이 되어 주었다는 사실도 또렷하게 떠올랐습니다.

결국 그는 아내에게 과거에 있었던 일을 모두 털어놓았습니다. 그리고는 아내와 헤어진 다음, 사랑의 맹세를 했던 처녀가 있는 곳으로 돌아왔습니다.

그와 결혼을 약속했던 처녀는 사랑의 맹세를 굳게 간직한 채 그를 기다리며 그때까지 홀로 살고 있었습니다.

마침내 두 사람은 결혼해서 행복하게 살았습니다.

☞ 많은 사람이 중요한 약속을 저버리는 것은 왜일까요? 그것은 약속보다도 자신의 욕심을 더 중요하게 여기기 때문입니다.

이 이야기는 자신의 욕심을 버리지 않는 한 약속을 지키기가 쉽지 않다는 경고와 함께 약속의 소중함을 다시금 가르쳐줍니다.

하늘이 맡긴 보석

안식일에 랍비가 교회에서 설교하는 동안, 그의 두 아이가 갑자기 교통사고를 당해 세상을 떠났습니다.

랍비의 아내는 아이들의 시신을 집 2층으로 옮겨 놓고 흰 천으로 덮어 두었습니다.

아내는 남편에게 이 비통한 소식을 어떻게 전할지 걱정이 되었습니다.

이윽고 남편이 돌아오자 아내는 차분한 목소리로 이렇게 말했습니다.

"당신에게 하나 물어봐야 할 게 있어요."

아내의 느닷없는 말에, 랍비가 어리둥절한 표정을 지으며 되물었습니다.

"무슨 일인데 그렇게 정색을 하고 그래요?"

"얼마 전에 어떤 사람이 귀중한 보석을 맡기면서 잘 보관해 달라고 했는데, 오늘 갑자기 다시 나타나서는 그것을 돌려달라고 하더군요. 그런데 그 보석은 그분뿐만 아니라 저한테도 소중한 보석이 되었어요. 이런 상황에서 저는 어떻게 하면 좋을까요?"

이 말을 들은 랍비는 조금의 망설임도 없이 말했습니다.

"보석을 맡긴 주인이 돌려달라고 하면, 생각할 것도 없이 당연히 돌려줘야 하지 않겠소."

그러자 그의 아내가 터져 나오는 울음을 간신히 참으면서 가라앉은 소리로 말했습니다.

"하늘이 우리에게 맡기셨던 두 개의 소중한 보석을 조금 전에 하늘로 데려가셨어요."

랍비는 아내의 말뜻을 알아차렸지만 아무런 말도 할 수 없었습니다.

☙ 우리가 소유한 건강, 재산, 생명이 모두 하느님으로부터 받은 선물이듯 자식 또한 하느님께 받은 선물입니다.

자식이 하느님께 속한 것임을 랍비의 아내처럼 분명하게 믿고 있다면, 하느님의 손길이 우리의 자녀를 보호하고 지혜롭게 성장시켜 준다는 것도 의심하지 않을 것입니다.

돈의 유혹을 뿌리친 효자

옛날 이스라엘의 다마라는 곳에 한 착한 아들이 살고 있었습니다. 그는 유대인이 아니었습니다. 그런데 그는 엄청나게 값이나가는 다이아몬드를 갖고 있었습니다.

어느 날 성전을 장식하는 데 쓸 보석을 찾고 있던 랍비가그 소문을 듣고 찾아와서, 금화 6천 개 값을 줄 테니 다이아몬드를 팔라고 제안했습니다.

그런데 그때 마침 그의 아버지가 다이아몬드를 보관해 둔금고의 열쇠를 베개 밑에 넣어둔 채 낮잠을 곤히 자고 있었습니다.

그는 난처해하며 이렇게 대답했습니다.

"아버지께서 지금 주무셔서 안 되겠습니다. 다이아몬드를 팔자고 아버지를 깨울 수는 없습니다."

랍비는 비록 원하는 다이아몬드를 구하지는 못했지만, 큰돈을 벌 수 있는데도 주무시는 아버지를 깨우지 않은 그의 효심에 감탄했습니다.

그 후 아버지를 위해 많은 돈의 유혹을 뿌리친 이 아들의 이야기가 사람들에게 널리 알려졌고, 나라에서는 큰 상을 내렸습니다.

누가 더 효자일까?

옛날에 어떤 젊은이가 통통하게 살찐 닭을 한 마리 잡아 맛있게 요리하여 아버지께 드렸습니다.

아버지가 맛있게 닭을 먹으며 젊은이에게 물었습니다.

"정말 맛있구나. 그런데 이 닭은 어디서 난 거냐?"

그러자 아들이 퉁명스럽게 말했습니다.

"아버지는 몰라도 돼요. 그냥 주는 대로 맛있게 드시기나 하세요."

결국 그의 아버지는 더 이상 물을 수가 없었습니다.

아버지가 닭 먹는 모습만을 본 이웃 사람들은 젊은이를 효자라고 칭찬했습니다.

한편 그 이웃 마을에는 방앗간을 하는 젊은이가 살고 있었습니다. 마침 추수철이어서 방아 찧을 것이 많아 바쁘게 일하고 있었습니다.

그런데 어느 날, 그 나라 임금님이 전국의 방아꾼들을 모두 궁궐로 불렀다는 소문이 돌았습니다.

방앗간의 젊은이는 늙은 아버지를 자기 대신 방앗간에서 일하게 하고, 자신이 궁궐로 갔습니다.

사람들은 아버지에게 일을 시켜 놓고 저 혼자만 궁궐 구경을 하러 갔다고, 젊은이를 불효자라고 욕했습니다.

세월이 흘러 두 젊은이가 죽자 하느님께 재판을 받게 되었습니다. 이들 두 아들 중에 어떤 사람이 천국에 가고 어떤 사람이 지옥으로 갔겠습니까? 또 그 이유는 무엇이겠습니까?

하느님은 아버지에게 닭을 잡아드린 젊은이는 지옥에 보내고, 아버지에게 방아를 찧게 했던 젊은이는 천당에 보냈습니다.

먼저 앞의 젊은이가 아버지께 닭을 잡아드린 것은 잘한 일이었습니다. 그러나 아버지가 묻는 말에 제대로 대답하지 않았기 때문에 큰 죄를 지은 것이고, 따라서 지옥에 갔습니다.

뒤의 젊은이는 임금님이 방아꾼들을 혹사시키고 매를 때리며 좋지 않은 음식을 줄 것이라는 사실을 알고 있었습니다. 그래서 자신이 늙은 아버지 대신 소집 명령에 응했으므로 천국에 갈 수 있었습니다.

☞ 중요한 것은 겉으로 보이는 모습이 아니라 속에 담겨 있는 진심입니다.

거래의 규범

　어떤 랍비가 땅을 사려고 흥정하고 있었습니다. 거의 계약이 성사될 무렵, 다른 랍비가 나타나 먼저 그 땅을 계약해 버렸습니다.

　이 장면을 목격한 사람이 땅을 산 랍비에게 힐난하듯 물었습니다.

　"빵집에서 과자를 사기 위해 과자를 골라놓은 사람이 있다고 칩시다. 그런데 다른 사람이 나타나, 그 과자를 달라고 하면서 돈을 내민다면 어떻게 해야 하겠습니까?"

　갑작스러운 그의 질문에 땅을 산 랍비가 얼떨결에 대답했습니다.

　"참 나쁜 사람이군요."

　그러자 그가 말했습니다.

　"그렇게 생각하는 사람이 남이 흥정하고 있는 땅을 가로채어 계약하다니, 그게 말이나 되는 일입니까?"

땅을 산 랍비는 그 말을 듣고 몹시 부끄러워져서, 이 일을 어떻게 해결하면 좋을까 하고 고민했습니다.

가장 먼저 떠오른 생각은 처음에 땅을 사려 했던 랍비에게 되파는 것이었지만, 땅을 사자마자 곧바로 되파는 것은 왠지 불길하게 여겨져서 그 방법은 꺼려졌습니다.

그래서 땅을 사려고 먼저 흥정했던 랍비에게 그냥 선물로 주겠다고 제안했습니다. 그러나 그 랍비는 공짜로 남의 물건을 받는 것은 싫다고 하면서 거절했습니다.

땅을 산 랍비는 할 수 없이 그 땅을 학교에 기부했습니다.

더 붉은 피

어떤 사람이 신약을 먹지 않으면 치료할 수 없는 병에 걸렸습니다. 환자와 그의 가족들은 신약을 구하기 위해 백방으로 돌아다녔지만 구할 수가 없었습니다. 적은 생산량에 비해 수요가 너무 많았기 때문입니다.

사정이 다급해지자, 환자의 가족은 최후 수단으로 랍비를 찾아가 그 약을 구해달라고 간청했습니다. 랍비의 인맥을 통해 신약을 구할 수 있을 것이라 믿었기 때문입니다.

랍비는 의사인 친한 친구를 찾아가 사정을 이야기한 후 약을 구해줄 수 없겠느냐고 물었습니다.

"만약 자네 부탁대로 그 약을 구해준다면, 그 약을 구하지 못해 죽어가는 또 다른 목숨은 어떻게 할 생각인가? 그는 귀하지 않은 목숨이고, 자네가 아는 환자 목숨만 중요한가?"

의사 친구의 말을 들은 랍비는 잠시 생각을 정리할 시간이 필요했습니다. 그래서 대답을 잠시 미루고 ≪탈무드≫에 이와 비슷한 사례가 있는지 찾아보았습니다.

'나의 목숨을 구하기 위해 다른 사람의 목숨을 빼앗아서는 안 된다. 어떻게 나의 피가 다른 사람의 피보다 붉다고 말할 수 있겠는가. 그 어느 누구도 다른 사람보다 더 붉은 피를 가질 수 없다.'

이 말을 음미해 보면, 랍비가 아는 그 환자의 피가 다른 어떤 누구의 피보다 더 붉을 수 없다고 ≪탈무드≫는 말하고 있는 겁니다.

랍비는 환자의 가족에게 이런 사정을 어떻게 설명해야 할지 난감하고 혼란스러웠습니다.

또한 자신이 맡은 교구에 속한 사람의 목숨이 위태로운데도, 심지어는 그 목숨을 붙들 방법이 있다는 것을 알고 있는데도 ≪탈무드≫의 가르침에 따라 그 환자의 죽음을 바라보고만 있어야 하는 상황이 안타까웠습니다.

하지만 랍비는 ≪탈무드≫의 가르침을 따랐으며, 그 환자는 얼마 지나지 않아 세상을 떠나고 말았습니다.

또 다른 경영자

두 명의 동업자가 아무것도 없이 맨손으로 시작하여 사업에서 큰 성공을 거두었습니다. 그들에게 특별한 무언가는 없었지만 타고난 부지런함으로 그들의 사업은 날이 갈수록 크게 번창했습니다.

그러다 문득 두 사람은 자신들이 생각한 것보다 훨씬 큰돈을 벌고 있다는 사실을 깨달았습니다.

그들은 현재로서는 별문제가 없지만, 훗날 자식이 생기고 그 아이들이 회사를 물려받을 때는 문제가 생길 것이라는 생각에 서로 간에 계약을 맺기로 했습니다. 그런데 계약을 맺고 나서부터 전에는 없었던 의견 충돌이 계속해서 일어나기 시작했습니다. 서로가 더 유리한 위치에 서려고 했기 때문입니다.

의견 충돌이 자꾸 일어나자 그들은 랍비에게 가서 이 문제를 해결할 방법을 찾아달라고 요청했습니다.

이들의 문제는 간단하게 정의할 수 있는 문제가 아니었기에 일단 랍비는 이렇게 대답했습니다.

"두 분이 서로 다투기 전까지는 사업이 매우 잘 되어갔습니다. 그런데 두 분의 의견 충돌 때문에 이제까지 애써서 일으킨 사업을 망치는 것은 정말 어리석은 일입니다. 하지만 지금 상태로는 도저히 사업이 원만하게 경영되지 않을 것 같으니, 대책을 마련해야 할 것입니다."

그리고선 ≪탈무드≫에서 이와 유사한 사례를 찾아 들려주었습니다.

"한 생명의 탄생은 부모의 힘만으로는 이루어지지 않으며, 하느님께서 함께하셔야 비로소 온전한 탄생이 이루어집니다. 하느님께서는 언제 어디서든 우리 곁에 계시며 모든 일을 관장하고 계시니, 우리가 하는 모든 일은 하느님과 같이 결정하는 것이 되지 않겠습니까."

이 이야기를 들려준 후 랍비가 이렇게 물었습니다.

"두 분 중 회사 경영자는 누구십니까?"

그러자 그들은 자신들 두 사람이라고 대답했습니다.

그러자 랍비가 다시 물었습니다.

"그러면 서로 자기가 잘했다고 주장하지만 말고, 세상의 모든 일을 관장하고 계신 하느님을 여러분 회사의 경영자로 참여시키는 것은 어떻겠습니까?"

그때까지는 그 회사에 사장이 따로 없었고, 지금은 두 사람이 서로 사장이 되려고 다투고 있었던 것입니다.

랍비는 다시 이렇게 충고해 주었습니다.

"이 회사는 두 사람의 땀과 노력으로 이룬 회사이지만, ≪탈무드≫에 의하면 하느님이 세운 회사이기도 합니다. 여러분은 유대인과 이 나라를 위해서 일하고 있습니다. 그러니 이 회사가 여러분의 소유라고 생각하지 말고 하나의 큰 의무를 수행하고 있다고 생각한다면, 누가 사장이냐 하는 문제는 아주 보잘것없는 일로 여겨질 것입니다. 그렇게 되면 생산을 맡은 분은 좋은 제품을 만들고, 영업을 맡은 분은 열심히 상품을 팔게 될 것입니다."

그 이후 갈등이 눈 녹듯 사라진 두 사람은 맡은 일에 최선을 다하였고, 사업이 날로 번창했습니다. 이익금의 몇 퍼센트는 하느님을 위해 쓴다고 생각하고 자선단체에 내놓았으며, 그것을 하나의 목표로 삼아 일했으므로 사장을 따로 정하지 않고서도 이익금이 점점 늘어났습니다.

두려워하는 것

어느 랍비가 로마를 방문했을 때, 다음과 같은 공고문이 길거리 곳곳에 나붙어 있었습니다.

'왕비님께서 귀중한 보석을 잃어버리시는 바람에 무척이나 상심이 크시다. 30일 이내에 보석을 찾아주는 자에게는 큰 상을 내릴 것이다. 그러나 30일이 지나 그 보석을 찾아주는 사람은 누구든지 지위 여부를 막론하고 극형에 처할 것이다.'

공고문이 붙은 지 30일이 다 되어도 왕비의 보석은 찾을 수 없었습니다. 하지만 기한이 지난 다음 날 그 보석이 왕비의 품으로 돌아왔습니다. 보석을 찾아서 가져온 사람은 놀랍게도 로마를 방문한 랍비였습니다.

왕비는 이상한 생각이 들어서 랍비에게 물었습니다.

"이 공고문이 발표되던 날 로마에 있었나요?"

랍비는 "네."라고 대답했습니다.

왕비는 또다시 물었습니다.

"그렇다면 공고문이 발표되고 30일이 지난 지금 보석을 찾아서 가져온 것이 무엇을 뜻하는지도 알고 있나요?"

이번에도 랍비는 "네."라고 대답했습니다.

왕비는 랍비가 정해진 기일 전에 보석을 찾았음에도 불구하고 지금에서야 보석을 가져온 것이 의아했습니다.

"30일 전에 가져왔다면 큰 상을 받았을 겁니다. 이 사실을 알고 있었으면서 왜 이제야 날 찾아왔나요? 당신은 죽음이 두렵지 않나요?"

랍비가 말했습니다.

"제가 30일 이전에 이 보석을 찾아서 들고 왔다면, 세상 사람들은 저에게 손가락질했을 겁니다. 권세가 무서워서 돌려주었다고 하거나, 왕비님께 아첨하기 위해서 그랬다고 말입니다. 저는 왕비님이나 죽음이 두렵지 않습니다. 저에게 두려운 존재는 오직 하느님뿐입니다. 제가 하느님만을 두려워한다는 것을 사람들에게 알리고 싶었습니다. 그래서 오늘이 되어서야 왕비님을 찾아온 것입니다."

랍비의 흔들림 없는 신앙에 왕비는 감동해서 말했습니다.

"마음을 다해 하느님을 모시는 당신은 정말 대단한 사람이군요. 당신에게 깊은 경의를 표합니다."

그리고선 귀중한 보석을 찾아준 랍비에게 감사의 인사를 전했습니다.

안식일(安息日)이라는 조미료

어느 안식일(토요일) 오후에, 로마의 황제가 친하게 지내는 랍비의 집을 방문했습니다.

황제는 아무런 예고도 없이 갑자기 찾아갔지만, 그곳에서 매우 즐겁게 시간을 보냈습니다.

음식은 매우 맛이 있었고, 식탁 둘레에서는 사람들이 소리 맞추어 노래도 부르고 서로 이야기를 나누며 시간 가는 줄 몰랐습니다.

황제는 아주 만족한 표정을 지으며, 수요일에 다시 찾아오겠다는 말을 남기고 떠났습니다.

수요일이 되자, 사람들은 황제가 올 것을 미리 알고 있었으므로 만반의 준비를 해 놓고 그를 기다렸습니다. 화려한 접시에 맛있는 음식을 담아 줄줄이 테이블에 차려 놓았습니다. 안식일에는 보지 못했던 하인들과 요리사까지 황제에게 따뜻하고 훌

룡한 요리를 대접하기 위해 분주하게 움직였습니다.

황제는 약속한 대로 수요일에 다시 랍비의 집을 방문했습니다. 그러나 황제는 전과는 다른 표정을 지으며, 랍비에게 말했습니다.

"안식일인 토요일에 먹은 음식이 참 맛있었는데……. 그때는 음식 안에 무슨 조미료를 넣었었지?"

그러자 랍비가 말했습니다.

"오늘은 그 조미료를 구할 수가 없습니다."

그 말에 황제가 자신만만하게 말했습니다.

"아니, 구할 수가 없다니? 로마 황제는 어떤 조미료라도 구할 수 있다네. 그게 뭔지 말해 보게."

그러나 랍비의 대답은 황제의 생각과 전혀 달랐습니다.

"조미료야 많지요. 그리고 폐하께서는 훌륭한 로마의 황제이시지만, 그 조미료는 구하지 못할 겁니다. 그것은 바로 유대인의 안식일이라는 조미료이니까요."

자선의 네 가지 유형

사람들이 자선에 관해 가지고 있는 태도에는 네 가지 유형이 있습니다.

첫째, 자진해서 돈이나 물품을 남에게 주는 것을 좋아하지만, 다른 사람이 자기처럼 돈과 물품을 내놓는 것은 좋아하지 않는 유형.

둘째, 다른 사람이 자선을 베푸는 것은 바라면서도 자기는 자선을 베풀려고 하지 않는 유형.

셋째, 자기도 기꺼이 자선을 베풀고, 남들도 자선을 베풀기를 바라는 유형.

넷째, 자기도 자선 베풀기를 싫어하고, 다른 사람이 자선 베푸는 것도 싫어하는 유형.

여러분은 이 네 가지 유형 가운데 어디에 속합니까?

첫 번째 유형은 질투심이 강한 사람이고, 두 번째 유형은 자기를 비하시키는 사람이며, 세 번째 유형은 선량한 사람이고, 네 번째 유형은 완전한 악인입니다.

남들이 이럴 때는…

남들이 모두 옷을 입고 있을 때는 벌거숭이가 되지 마라.
남들이 모두 벌거숭이일 때는 옷을 입지 마라.
남들이 모두 앉아 있을 때는 서 있지 마라.
남들이 모두 서 있을 때는 앉아 있지 마라.
남들이 모두 울고 있을 때는 웃지 마라.
남들이 모두 웃고 있을 때는 울지 마라.

가장 나쁜 죄는?

신앙심이 매우 깊은 왕이 있었습니다. 그는 가끔 현자들을 불러 세상 사는 지혜를 묻곤 했습니다.

어느 날, 왕은 현자들과 선과 악에 대해 이야기를 나누었습니다. 왕이 물었습니다.

"인간이 행하는 악행 중에서 가장 나쁜 것이 무엇일까?"

첫 번째 현자가 말했습니다.

"제 생각엔 살인이 가장 나쁜 죄인 것 같습니다. 살인은 사람의 생명뿐만 아니라 그 가정을 파괴하고, 많은 사람을 불행하게 합니다. 살인을 한 자는 죽어 마땅합니다."

이어서 두 번째 현자가 말했습니다.

"저는 남녀 간의 간통이라 생각합니다. 부부 외에 다른 사람과 잠자리를 같이하는 자는 살인과 동등한 죗값을 받아야 합니다. 간통 자체가 나쁜 짓일뿐더러, 간통은 곧 살인과도 연결

될 수 있으니 이 얼마나 나쁜 일입니까?"

이번에는 세 번째 현자가 말했습니다.

"저는 도둑질이 가장 나쁘다고 봅니다. 도둑놈은 물건을 훔칠 뿐만 아니라 발각되면 살인강도로 돌변하기도 하고, 그 집의 아녀자를 강간하기도 하며, 잡히면 범행을 완강히 부인하여 위증죄를 짓기도 합니다."

현자들이 각자 의견을 말했으나, 그들 중 가장 나이 많은 현자는 침묵을 지키고 있었습니다.

왕이 그에게 의견을 물었습니다.

"지금까지 여러분께서 말씀하시는 것보다도 훨씬 무서운 죄가 또 하나 있지요. 바로 지나친 음주입니다."

나이 많은 현자는 숨을 고르고 나서 이렇게 이야기를 시작했습니다.

"제가 젊었을 때 들은 이야기입니다.

세 사람이 하루 종일 술을 마시며 놀았는데, 해 질 무렵이 되자 마시던 술이 다 떨어졌대요. 그러자 셋 중에 한 명이 도둑질을 해서라도 술을 더 마시자고 했답니다. 술김에 세 명은 이웃집 담을 넘어 물건을 훔쳤지요.

그들은 훔친 물건을 팔아서 돈을 마련하고 다른 주막집으로 갔대요. 이 주막집에는 예쁜 딸이 있었는데, 갑자기 일손이 바빠진 주모가 딸에게 안주를 들여가라고 하고 자신은 포도주를 가지러 창고로 내려갔답니다. 도둑놈들은 이 예쁜 딸이 탐났지요. 주모가 포도주를 탁자 위에 갖다 놓자마자 한 사람이 주모의 목을 졸라 죽여 버렸답니다. 딸을 겁탈하는 데 방해가 될까 봐서요.

그리고는 강제로 딸을 방으로 끌고 갔습니다. 세 남자는 딸을 서로 먼저 겁탈하려고 다투기 시작했대요. 세 놈 중 한 놈이 두 사람을 제치고 먼저 욕심을 채우려고 하자, 두 사람은 분을 못 이겨 날카로운 칼로 그를 찔러 죽이고 말았답니다.

남은 두 사람은 밤새껏 번갈아 가며 주막집 딸을 능욕했습니다. 그리고 아침에 술이 깼을 때 지난밤의 일들이 모두 떠올랐고, 자기들이 저지른 엄청난 일들에 놀랐답니다. 두 남자는 처녀로 인해 모든 사실이 밝혀질까 두려워서 딸마저 찔러 죽이고 멀리멀리 달아나고 말았답니다."

☞ 악마가 사람을 방문하고 싶지만, 너무 바쁠 때는 자기 대신 술을 보낸다고 합니다.

사필귀정

요야힌이라는 한 유대인이 아름다운 아내와 함께 살고 있었습니다. 대단한 부자인 그는 마을 사람들로부터 존경을 받았으며, 그의 집에는 언제나 많은 손님이 와서 북적거렸습니다.

그의 집 안채 뒤쪽에는 꽤 넓은 정원이 있었는데, 부자의 아내 수잔나는 곧잘 이곳을 산책하기도 하고 연못에서 목욕을 즐기기도 했습니다.

그 무렵 마을 재판관으로 선출된 두 랍비가 요야힌의 집에서 일을 보게 되었습니다. 그런데 이 두 사람은 모두 수잔나의 미모에 반해 도덕적 규범에 어긋나는 욕망을 품었습니다.

처음에는 서로 자신들의 감정을 숨기고 있었으나, 어느 날 집안사람들이 모두 밖에 나가서 집 안이 텅 비게 되자 이들은 각기 안채 정원으로 숨어 들어갔습니다. 정원에서 마주치게 된 두 사람은 서로의 마음을 털어놓은 다음, 수잔나가 나무 그늘

아래 있는 연못으로 목욕하러 와서 집 안에 있는 향유를 가져오라고 하녀를 보내자 그 틈을 노렸습니다.

마침내 수잔나가 옷을 모두 벗고 물속으로 들어가려 하자, 두 사람은 숨어 있던 데서 나와 벌거숭이인 그녀를 붙잡고 말했습니다.

"우리 말을 들으시오. 그렇지 않으면 당신이 젊은 놈과 놀아나는 현장을 목격했다고 소문을 퍼뜨릴 거요."

소스라치게 놀란 수잔나는 온몸을 떨었으나 이 악한들로부터 빠져나갈 방도가 없다는 것을 깨달았습니다. 절망적인 지경에 이르자, 그녀는 하느님의 은총을 빌어 볼 도리밖에 없다고 생각하여 크게 소리쳤습니다.

"주여, 이 악한들로부터 저를 구해주소서!"

그러자 두 랍비도 고래고래 소리를 질렀습니다.

그때 밖에서 돌아온 집안사람들이 소란스러운 소리를 듣고 달려왔습니다.

그들이 그 자리에 왔을 때, 두 랍비는 능청스럽게 수잔나를 간음죄로 문책하고 있었습니다. 이 광경을 본 사람들은 놀라서 어찌할 바를 몰라 했습니다. 지금까지 그녀에 관한 나쁜 소문은 단 한 번도 들어 본 적이 없었기 때문입니다.

다음 날 여느 때처럼 많은 사람이 요야힌의 집에 모이자, 자리에서 일어난 두 랍비가 수잔나를 가리키며 번갈아 말했습니다.

"우리는 이 여인을 정원 속에서 발견했습니다. 그녀가 향유를 가져오라며 하녀를 집 안으로 돌려보냈을 때 한 젊은 남자가 나타나 그녀와 간음했습니다. 우리가 급히 뛰어가 붙잡으려 했으나 아깝게도 놓치고 말았습니다."

그 자리에 모인 사람들은 랍비들이 한 이 증언을 믿었습니다. 지금까지 본 바로 랍비들은 더없이 정직한 사람들로 여겨졌기 때문입니다.

랍비들은 수잔나를 앞으로 끌어내더니, 그녀에게 옷을 모두 벗도록 명령했습니다. 다시 한번 그녀의 알몸을 보려는 비열한 속셈이었습니다.

마침내 마을 사람들이 던지는 돌에 맞아 죽는 형벌을 받아야 할 처지가 된 수잔나는 다시금 하늘을 우러러보며 기도를 올렸습니다.

"저의 억울함을 잘 알고 계시는 진정한 재판관님, 저를 부당한 벌로부터 구해주소서! 세상 사람들에게 제가 죄를 범하지 않았음을 증명해 주소서!"

그러자 하느님은 예언자 다니엘을 그 자리에 입회하도록 보냈습니다.

"주여, 이 정숙한 여인의 억울한 죽음을 제 책임으로 돌리지 마소서!"

사형장에 입회했던 사람들은 다니엘이 기도하는 것을 보고, 무슨 말을 하느냐고 물었습니다.

그러자 다니엘이 대답했습니다.

"하느님의 뜻에 따르겠다는 말이다. 대신 이스라엘에서는 사형 판결을 내릴 경우 경위를 자세하게 조사하지 않는가? 이 사건을 다시 한번 조사해 봐야 되겠다."

그리하여 수잔나는 일단 형장에서 풀려나 집으로 돌아올 수 있었습니다.

재판이 다시 시작되자, 두 랍비가 출두하여 허위 증언을 되풀이했습니다. 그들의 증언을 들은 다니엘은 두 랍비를 따로따로 불러 심문했습니다.

그가 먼저 한 랍비에게 물었습니다.

"이 여인이 젊은이와 함께 있는 걸 봤다고 했는데, 어떤 나무 아래서 봤는가?"

"테레빈 나무 아래서입니다."

"그런 나무는 이 정원에 한 그루도 없다. 나쁜 놈은 바로 너다."

다니엘은 다른 랍비를 데려오게 하여 마찬가지 질문을 했습니다.

"플라타너스 아래서입니다."

그리하여 두 랍비의 죄가 만천하에 드러나, 수잔나가 받을 뻔했던 형벌을 그들 두 랍비가 받게 되었습니다.

붕대와 법률

어느 나라의 임금이 상처를 입은 자기 아들에게 붕대를 감아주면서 이렇게 말했습니다.

"얘야, 이 붕대를 절대로 풀어서는 안 된다. 이 붕대를 감고 있는 한 너는 먹거나 달리거나 물에 들어간다 해도 아프지 않을 것이다. 그러나 이 붕대를 풀어 버리면 상처는 더욱 심해진단다."

☞ 인간의 마음속에는 나쁜 짓에 대한 충동이 숨어 있습니다. 그러나 법률을 마음속에 간직하고 있는 한, 인간은 나쁜 짓을 하지 않습니다. 법률은 붕대와 비슷하기 때문입니다.

광 대

어느 날 랍비가 자신의 제자들에게 말했습니다.

"자, 여러분 모두 나를 따라오시게."

"선생님, 어디로 가시는데요?"

"글쎄, 따라오면 다 알게 된다네."

랍비는 제자들을 데리고 시장으로 갔습니다. 시장에는 여러 가지 물건들을 팔려고 나온 사람들과 필요한 물건들을 사려고 나온 사람들로 발 디딜 틈이 없었습니다.

랍비는 시장을 둘러보고 나서 제자들에게 외쳤습니다.

"알겠는가? 이 시장에는 영원한 생명을 보장받을 만한 사람들이 있다네."

제자들은 영문을 몰라서 서로 얼굴을 쳐다보며 수군거렸습니다.

"이런 시장바닥에 영원한 생명을 보장받을 만한 사람이 있다는데, 선생님이 괜한 말씀을 하신 거겠지?"

"그런 사람이 이 시장 안에 있다는 것은 말도 안 돼."

제자들은 랍비의 말을 의심하는 눈치였습니다.

그때 한 제자가 더 이상 궁금함을 참지 못하겠다는 듯 랍비에게 물었습니다.

"선생님, 혹시 약을 팔고 있는 저 약사가 영원한 생명을 보장받을 만한 사람입니까? 약사는 아픈 사람을 낫게 해 주고, 사람의 목숨도 구해주잖아요."

"약사는 아니라네."

제자들은 고개를 갸웃거리며 다시 눈을 크게 뜨고 시장 안을 둘러보았습니다.

"그럼 누굴까? 그리고 뭐 하는 사람이지?"

잠시 후, 다른 제자가 랍비에게 물었습니다.

"선생님, 저기 책을 팔고 있는 사람이 바로 그분 아닌가요? 사람들이 책을 많이 읽으면 지식이 풍부해져서 잘 살 수 있지 않습니까?"

"책 파는 사람도 아니라네."

제자들은 다시 곰곰이 생각하며 시장을 둘러보았습니다. 하지만 시장을 아무리 둘러보아도 영원한 생명을 보장받을 만큼 훌륭한 사람은 눈에 띄질 않았습니다.

바로 그때 아주 허름한 옷을 입은 두 사람이 랍비와 제자들이 서 있는 옆으로 지나갔습니다.

"바로 저 사람들일세! 저 두 사람이야말로 영원한 생명을 받을 만하다네. 이들은 지금까지 헤아릴 수도 없이 많은 선행을 베풀었지."

랍비가 두 사람을 손으로 가리켰습니다.

"저 사람들이 그런 훌륭한 사람들입니까?"

"그렇다네."

랍비가 고개를 크게 끄덕였습니다. 제자들은 곧바로 그 두 사람의 뒤를 좇아가 물었습니다.

"궁금한 것이 있는데요. 실례지만 당신들은 어떤 일을 하시나요?"

그러자 그 두 사람이 대답했습니다.

"우리가 하는 일은 광대입니다. 고달프고 힘든 사람들에게는 웃음을 주고, 갈등이 생겨 다투는 사람들에게는 평화를 선물한답니다."

☞ 웃음은 모든 약의 으뜸입니다. 웃음은 괴로울 때 마음을 달래주고, 마음을 즐겁게 해 줍니다.

선한 사람

이 세상에는 매우 필요한 것 네 가지가 있습니다. 금과 은, 철, 구리가 그것입니다.

하지만 그것들은 모두 다른 것으로 대체될 수도 있습니다. 진정 다른 어떤 것으로도 대체될 수 없으면서 필요한 것은 선한 사람뿐입니다.

≪탈무드≫에서 이르는 선한 사람이란, 큰 야자수같이 우거지고 레바논의 삼나무처럼 늠름하게 솟아 있는 사람을 뜻합니다.

야자수를 한 번 잘라낸 다음 다시 무성하게 성장하는 데는 4년가량 걸리고, 레바논의 삼나무는 아주 먼 곳에서도 보일 정도로 매우 크기 때문입니다.

백정과 이웃이 된다니…

랍비 시메온은 천국으로 가게 됐을 때의 자기 자리를 미리 가르쳐 달라고 하느님께 부탁했습니다. 그러자 하느님은 백정의 옆자리를 가리켰습니다.

랍비 시메온은 의아하게 여기며, 마음속으로 '나는 밤낮 성전 연구에만 골몰했는데, 그런 내가 앞으로 백정과 이웃이 된다니……. 마음에 들지 않지만, 일단 나가서 어떤 사나이인지 살펴보자.' 하고 마음먹었습니다.

그 백정을 찾아가 보니 그는 상당한 부자였습니다. 랍비는 손님으로 가장하고 그 집에 들어가 8일 동안 유숙했습니다. 백정은 그를 매우 융숭하게 대접했습니다.

그래서 랍비는 백정을 불러 조용히 물었습니다.

"자네가 지금까지 어떠한 일을 해 왔는지를 얘기해 주게."

그러자 그 사나이가 대답했습니다.

"저는 무척 죄 많은 인간으로서 ≪성경≫조차 배우지 못했습니다. 어려서부터 푸줏간에서 열심히 일한 덕분에 이젠 제법 여유가 생겨 매주 이 마을의 가난한 사람들에게 고기를 나누어 주고 있습니다. 그 밖에 기부도 좀 하고 있지요."

이 말을 듣고 랍비가 말했습니다.

"아니야. 단지 그 정도가 아니고 더 좋은 일을 한 적이 더 있을 걸세."

"언젠가 이런 일이 있었습니다. 저는 이전에 이 마을의 세무원으로 일했던 적이 있었어요. 항구에 들어오는 선박에 대해 세금을 받아들이는 일이었죠. 어느 날 배가 한 척 들어왔는데, 세금을 지불하고 난 선장이 제게 이렇게 말하더군요. '아주 색다른 물건을 사지 않겠소? 당신에게라면 팔겠소.' 라고요. 저는 그게 어떤 물건인지 먼저 얘기하라고 했죠. 그러나 선장은 '돈을 지불하기 전에는 가르쳐 줄 수 없소. 당신이 그 물건을 당장에 사지 않겠다면 팔지 않겠소.' 라고 말하더군요. 제가 값을 말해 보라고 하자, 금화 만 냥이라고 했어요. 제가 다시 그 물건을 보여주면 돈을 지불하겠다고 했으나 선장이 딴전을 부리지 뭡니까. 그 사나이가 튕기는 걸 보자 저는 귀중한 물건임이 틀림없을 것으로 생각하여 그 값으로 승낙했죠. 그런데 그가 물건을 보여주기 전에 대금을 먼저 지불해 달라고 하기에 또 그대로 해주었어요. 그러자 선장은 맨 아래 화물칸에서 200명의 노예를 데리고 나오더니 이렇게 말했습니다. '당신이 이 노예를 사 주지 않았다면, 오늘 모두 바다에다 처넣어 버릴 참이었소.' 저는 그들을 집으로 데리고 와서 먹을 것을 주고 목욕을 시킨 다음 새 옷으로 갈아입혔죠. 그 가운데 미혼 남녀가 있기에 그들끼리 짝을 지어 줬고요. 그런데 그중 뛰어나게 예쁜 아가씨가 있어서 제 자식 놈의 아내로 삼기로 했지요. 결혼식 날 저는 마을 사람들을 모두 초대했습니다. 그런데 손님들이 왔을 때, 눈이 부어 오르도록 울고 있는 한 젊은이가 눈에 들어왔어요. 그도 노예 중 한 사람이었지요. 왜 그렇게 우느냐고 물어도 도무지 대답하지 않아, 별실로 데리고 들어가 달랬어요. 그는 선장이 자신들을 나에게 넘긴 바로 그날이 그 아가씨, 그러니까 제 아들의 신붓감과 결혼식을 올리기로 약속한 날이라고 털어놓더군요. 제가 그에게 은화 200닢을 주겠으니 잊어버릴 수 있겠느냐고 물었지만, 그는 '온 세상의 모든 보석보다도 제겐 그 아가씨가 더 소중합니다. 하지만 지금의 처지로선 어찌할 수가 없으니, 제발 아드님의 신부로 삼아 주십시오. 그녀도 그것이 더 행복할 겁니다.'라고 하더군요. 그래서 저는 아들한테 가 모든 사정을 얘기했지요. 그러자 아들이 자기가 단념하겠다고 하여, 그날 그 젊은이와 아가씨를 결혼시켜 주었습니다. 만일 뭔가 하느님의 눈에 뜨일 것이 있다면, 그 일이 아닌가 싶습니다."

얘기를 다 듣고 난 랍비 시메온이 말했습니다.

"저세상에서 그대와 이웃이 될 수 있다니, 난 정말 행복하기 그지없네."

하느님이 기뻐하는 세 가지 일

이 세상에는 하느님이 기뻐하는 세 가지 일이 있습니다.

첫째, 가난한 사람이 물건을 습득해 그 주인을 찾아 돌려주는 일.

둘째, 부자가 자기 수입의 10%를 아무도 모르게 가난한 사람에게 나누어 주는 일.

셋째, 번화한 도시에 살고 있는 독신자가 죄악을 범하지 않는 일.

허비한 시간을 되찾는 법

한 스승이 멀리 여행을 떠나게 되었습니다. 그는 떠나기 전에 세 명의 제자를 불러, 자신이 없더라도 평소처럼 열심히 공부하라고 당부했습니다.

하지만 세 명의 제자 중 성실하게 공부를 한 것은 한 사람뿐이었습니다. 남은 두 사람은 하루하루를 신나게 놀면서 지냈습니다.

신나게 놀던 두 사람 중 하나가 노는 것에 질려 공부를 시작하려 했는데, 너무 오래 놀았던 탓에 해야 할 공부가 잔뜩 밀려있었습니다. 결국 그 제자는 첫 번째 제자의 분량만큼 따라가기 위해 며칠 동안 밤을 새우면서 공부해야 했습니다.

그러나 세 번째 제자는 이왕 이렇게 된 거 나중에 몰아서 하자는 심산으로 계속 빈둥거리면서 공부를 소홀히 했습니다.

그리고 오랜 시간이 지난 뒤, 여행에서 돌아온 스승이 제자들을 불러 그동안에 한 학업 내용을 확인했습니다.

스승이 떠나자마자 공부를 시작한 첫 번째 제자는 스승의 질문에 막힘 없이 대답해 칭찬을 들었습니다. 뒤늦게 공부를 시작한 두 번째 제자는 나름대로 열심히 대답했지만, 시간에 쫓겨 공부하다 보니 미흡한 부분이 적지 않아 칭찬과 함께 약간의 지적을 받았습니다. 그리고 세 번째 제자는 공부한 것이 거의 없었기에 스승의 질문에 제대로 대답한 것이 하나도 없었습니다.

학업 내용을 확인한 스승은 세 번째 제자에게 다음과 같이 훈계했습니다.

"하루를 놀면 그 시간을 되찾는 데 이틀이 걸린다. 이틀을 놀면 그 시간을 채우는 데 나흘이 필요하고, 1주일을 놀면 2주일의 시간을 소비해야 하며, 1년을 놀면 그 시간의 공백을 채우기 위해 2년을 바쳐야 한다. 하지만 너에게 벌을 내리진 않겠다. 다만 앞으로는 네가 공부를 소홀히 한 것의 갑절만큼 힘을 써야 한다는 사실을 명심해라."

그 후, 세 번째 제자는 스승의 말대로 다른 두 친구를 따라가기 위해 엄청난 시간을 소비하며 고생해야 했습니다.

☞ 미루다 보면 끝이 없고, 시간은 화살처럼 지나갑니다. '하루 물림이 열흘 간다.'는 우리나라 속담도 있습니다.

마지막 날에 창조된 인간

성경에 의하면, 이 세상의 모든 만물은 6일간에 걸쳐 창조되었습니다.

인간은 그중 마지막 날인 제6일에 만들어졌습니다

인간이 맨 마지막 날에 창조된 이유가 있습니다. 파리조차도 인간보다 먼저 만들어졌다는 것은 인간이 결코 오만해지거나 교만해져서는 안 된다는 뜻입니다.

인간은 자연에 대해 항상 겸허한 자세를 가져야 합니다.

인 생

◇ 모든 인류는 단 한 명의 조상밖에 갖고 있지 않다. 따라서 어떤 인간이 다른 인간보다도 우월하다는 건 있을 수 없다.

만약 어떤 사람이 다른 사람을 죽인다면, 그는 모든 사람을 죽인 것과 같다. 마찬가지로 누군가의 목숨을 구한다면, 그것은 모든 사람을 구한 것과 같다.

이 세상은 한 명의 사람으로부터 시작되었다. 그러므로 사람을 죽인다는 것은 최초의 사람을 죽이는 것과 다름없다. 그랬다면 오늘날의 인류는 존재하지 못했을 것이다.

◇ 인간은 상황에 따라 명예가 높아지는 것이 아니고, 스스로 그 상황의 명예를 높이는 것이다.

◇ 어떤 사람은 젊었으나 늙었고, 또 어떤 사람은 늙었지만 매우 젊다.

◇ 진실이란 매우 무겁기 때문에, 젊은 사람들만 그것을 옮길

수 있다.

◇ 눈이 보이지 않는 것보다 마음으로 보지 못하는 것이 더 두려운 일이다.

◇ 자신의 결점만 신경 쓰다 보면 다른 사람의 결점을 알아채지 못한다.

◇ 부끄러움을 모르는 것과 자기 자랑만 늘어놓는 것, 이 두 가지는 같은 것이다.

◇ 다른 사람을 칭찬하는 사람이야말로 명예가 무엇인지 아는 사람이다.

◇ 누구를 만나든, 그 사람으로부터 무엇인가를 배우는 사람이 세상에서 가장 지혜로운 사람이다.

◇ 마음먹은 대로 자제할 수 있는 사람과, 적을 친구로 만들 수 있는 사람이 가장 강한 사람이다.

◇ 꾀 많은 사람과 현명한 사람의 차이는, 현명한 사람이라면 절대 빠지지 않을 난관을 꾀 많은 사람은 잘 헤쳐 나온다는 것이다.

◇ 진정한 부자는 자신이 소유하고 있는 것에 대해 만족할 줄 아는 사람이다.

◇ 먹을거리를 함부로 다루는 사람은 배고픔이 무엇인지 모르는 사람이다.

◇ 변변치 못한 사람은 다른 사람의 수입에만 신경을 쓰고, 정작 자신이 하는 낭비에는 관심조차 두지 않는다.

인 간

◇ 백성의 소리가 곧 하느님의 소리이다.

◇ 사람은 일생 세 개의 이름을 갖게 된다. 하나는 태어났을 때 부모가 지어주는 이름이고, 또 하나는 친구들이 사랑을 담아 부르는 이름이다. 그리고 나머지 하나는 생명이 다하는 날까지 얻어지는 명성이다.

◇ 진실과 법과 평화 ― 세상은 이 세 가지 기반 위에 서 있다.

◇ 인간의 젖은 심장 가까이에 있지만, 동물의 젖은 심장에서 비교적 떨어진 곳에 있다. 이는 일부러 그리해놓은 것으로, 하느님의 깊은 배려이다.

◇ 휴일이 인간을 위해 주어진 것이지, 인간이 휴일을 위해 존재하는 것은 아니다.

◇ 반성하면서 사는 사람이 딛고 서 있는 땅은 위대한 랍비가

서 있는 땅보다 훨씬 더 고귀하다.

　◇ 진실을 말했을 때도 누구 하나 믿어주는 사람이 없다는 것, 이것이 거짓말쟁이에게 주어지는 가장 큰 벌이다.

　◇ 다른 사람의 사소한 피부병은 염려하면서도, 자신의 중병은 알아차리지 못하는 게 인간이다.

　◇ 인간은 20년이란 세월 동안 배운 것이라도 단 2년 만에 잊어버릴 수도 있는 존재이다.

가 정

◇ 상대를 만나보지도 않고 결혼하는 것은 옳지 않다.

◇ 아내를 선택할 때는 다소 소심한 겁쟁이가 되어야 한다.

◇ 아내는 남자의 집이다.

◇ 남자는 결혼과 더불어 죄가 늘어난다.

◇ 현명한 아내를 얻는 남자야말로 이 세상에서 가장 행복한 사람이다.

◇ 서로 사랑하는 부부에게는 칼날만큼 좁은 침대도 편안하지만, 서로 미워하는 부부에게는 아무리 큰 침대라도 비좁고 불편하게 느껴진다.

◇ 이유 없이 아내를 학대하지 마라. 하느님이 아내의 눈물방울을 하나하나 세고 계신다.

◇ 모든 질병 가운데서 가장 괴로운 것은 마음의 병이고, 모든 악 가운데서 가장 나쁜 것은 악처이다.

◇ 세상의 그 무엇과도 바꿀 수 없는 것이 있다면, 그것은 젊어서 결혼하여 함께 늙어가는 아내이다.

◇ 가정에서 부도덕한 일을 하는 것은 과일에 벌레가 붙은 것과 같다. 의식하지 못하는 사이에 계속 번져 나가기 때문이다.

◇ 자식은 부모의 언행을 배우므로 자식의 말투를 보면 부모의 성격을 알 수 있다.

◇ 자식과 약속을 했다면, 그 약속은 반드시 지켜야 한다. 약속을 지키지 않는 것은 아이들에게 거짓말을 가르치는 것과 다름없다.

◇ 한 형제를 차별해서 키우면 안 된다.

◇ 자식이 어렸을 때는 엄하게 가르쳐야 하지만, 그렇다고 자식이 두려움을 느끼거나 기가 꺾일 정도로 가르치는 것은 옳지 못하다.

◇ 자식을 꾸짖을 때는 엄하게 꾸짖되, 한 번으로 끝내야 한다. 똑같은 문제로 계속 꾸짖는다면 잔소리로 들릴 뿐 그 결과가 좋지 않다.

◇ 아버지를 존경하도록 자식을 가르쳐야 한다.

◇ 자식이 아버지에게 말대꾸를 하거나, 아버지가 앉는 자리에 앉는 것은 옳지 못하다.

◇ 아버지가 다른 사람과 언쟁을 벌이고 있을 때, 자식이 다른 사람의 편에 서는 일은 옳지 못하다.

악(惡)

◇ 태아 때부터 마음속에서 움트기 시작한 악은 인간이 성장해 감에 따라 함께 자라나 점점 강해진다.

◇ 인간의 내면에서 악을 향한 충동이 선을 향한 충동보다 더 강해지는 때는 13세 때부터다.

◇ 처음에는 여자처럼 약하지만 방치해 두면 남자처럼 강해지고, 처음에는 거미줄처럼 가늘지만 방치해 두면 배를 묶어두는 밧줄처럼 강해지며, 손님으로 찾아온 것을 방치해 두면 그 집 주인으로 들어앉아 버리는 것. 이것이 바로 악이다.

◇ 항상 옳은 일만 하고 사는 인간이란 결코 이 세상에 존재하지 않는다.

◇ 악에 대한 최초의 충동은 매우 감미롭지만, 마지막에는 쓴맛만을 남길 뿐이다.

◇ 악을 향한 충동은 마치 구리와도 같아서, 불 속에 있을

때는 어떤 형태로도 만들 수 있다.

◇ 보통 사람보다 뛰어난 사람은 악에 대한 충동도 그만큼 강하다.

◇ 만약 악에 대한 충동이 일어나면, 그것을 몰아내 버리기 위해 무엇이든 배우기 시작해라.

◇ 만약 인간의 마음속에 악을 향한 충동이 없다면 집을 짓고, 아내를 얻고, 아이를 낳고, 일을 하는 따위는 생각지도 않을 것이다.

◇ 죄는 미워하되, 그 죄를 지은 사람은 미워하지 마라.

교 육

◇ 자신을 아는 것이 가장 큰 지혜이다.

◇ 학교가 없는 고장에서는 인간이 살아 나갈 수 없다.

◇ 기억력을 높이는 데 가장 좋은 약은 감동시키는 것이다.

◇ 진주와 같이 귀한 것을 잃어버렸을 때, 그것을 찾는 데 쓰이는 것은 값싼 양초다.

◇ 고양이에게서는 겸손함을 배울 수 있고, 개미에게서는 정직함을 배울 수 있다. 그리고 비둘기에게서는 정절을 배울 수 있으며, 수탉에게서는 재산 관리를 배울 수 있다.

◇ 어린아이를 가르친다는 것은 깨끗한 백지 위에 무엇인가를 써넣는 것과 같다.

노인에게 뭔가를 가르친다는 것은 이미 빽빽이 채워진 종이에서 여백을 찾아 더 써넣으려는 것과 마찬가지이다.

◇ 칼을 가지고 일어선 사람은 글로 흥할 수 없다.

◇ 향수 파는 가게에 들어갔다가 나오면, 향수를 사지 않았더라도 온몸에서 향기가 난다.

가죽공장에 들어갔다가 나오면, 가죽으로 만든 물건을 사지 않았더라도 고약한 냄새가 풍긴다.

◇ 의사의 충고를 듣고만 있어야 한다면, 의사에게 돈을 지불할 필요가 없다.

◇ 인류에게 예지를 가져다주는 것은 가난한 집 자식이므로 그들이야말로 칭찬받아 마땅하다.

◇ 이름은 알려지면 금방 잊히고, 지식은 깊지 않으면 금방 잊어버리게 된다.

2. 더불어 사는 삶

등불을 들고 걷는 앞 못 보는 노인

한 젊은이가 캄캄한 밤중에 길을 걸어가고 있었습니다. 달빛도 없이 캄캄해서 앞이 보이지 않았습니다.

젊은이는 걸어가다가 돌부리에 걸려 넘어졌는데, 일어나서 앞을 보니 멀리서 불빛 하나가 다가오는 게 보였습니다.

젊은이는 그 불빛을 향해 천천히 걸어갔습니다. 그렇게 가까이 다가가서 보니 그 불빛은 어떤 노인이 들고 오는 등불이었습니다.

그런데 그 노인은 한 손에 등불을 들고, 다른 손으로는 막대기로 땅을 두드리며 오고 있었습니다. 그 노인은 앞을 보지 못하는 장애인이었던 것입니다.

젊은이는 앞을 보지 못하는데 등불을 들고 있는 것이 이상하게 여겨져 노인에게 넌지시 물어보았습니다.

"어르신, 등불을 켜나 켜지 않나 똑같을 텐데 왜 힘들게 등불을 들고 가십니까?"

그러자 노인이 이렇게 대답했습니다.

"내가 등불을 들고 걸어가면, 다른 사람들이 쉽게 알아보고 피해 줄 거 아닙니까."

보트 구멍을 고쳐놓은 페인트공

어떤 남자가 작은 보트 한 척을 가지고 있었습니다. 그는 해마다 여름이 되면 가족과 함께 호수로 나가 낚시를 하며 즐겁게 시간을 보냈습니다.

어느 해 여름이 끝났을 때, 그는 잘 보관해 두려고 보트를 뭍으로 끌어올렸습니다. 그런데 보트를 살펴보니 페인트칠이 너무 많이 벗겨져 있었고, 보트 밑바닥에 작은 구멍도 하나 뚫려 있었습니다. 그는 작은 구멍은 다음에 사용할 때 막으면 될 거로 생각하고, 페인트공을 불러 보트를 깨끗이 칠해 달라고만 부탁했습니다.

이듬해 여름이 되자, 훌쩍 자란 두 아들이 호수에 나가 보트를 타고 싶어 했습니다. 그는 보트에 구멍이 나 있었다는 사실을 까맣게 잊고서 무심결에 허락하고 말았습니다. 두 아들은 신이 나서 보트를 끌고 호수로 달려갔습니다.

두 아들이 보트를 끌고 나간 지 두 시간가량 지났을 때, 그는 보트에 구멍이 뚫려 있었다는 사실이 불현듯 떠올랐습니다.

그는 안절부절못하며 황급히 밖으로 달려나갔습니다. 아이들이 아직 수영에 익숙하지 않기 때문이었습니다.

그가 정신없이 호숫가로 달려갔을 때, 다 놀았는지 두 아들이 보트를 다시 뭍으로 끌어올리고 있었습니다. 두 아들이 무사한 것을 보고 그는 안도의 숨을 내쉬었습니다.

그는 가슴을 쓸어내리며 보트 밑바닥을 유심히 살펴보았습니다. 그런데 밑바닥에 뚫려 있던 구멍이 누군가가 손을 보았는지 단단하게 막혀 있는 것이었습니다. 작년에 페인트공이 보트에 페인트를 칠할 때 구멍을 발견하고 고쳐놓은 것이 분명했습니다.

그는 고마운 마음을 전하기 위해 선물을 들고 페인트공을 찾아갔습니다.

"배에 뚫려 있던 작은 구멍을 당신이 고쳐놓았더군요. 나는 배를 사용하기 전에 고쳐야겠다고 생각하고선 깜빡 잊고 있었습니다."

페인트공은 그가 주는 선물을 한사코 사양하며 이렇게 말했습니다.

"아, 네. 그 말씀을 들으니 생각나는군요. 칠을 하다가 구멍이 뚫린 것이 눈에 띄어 고쳤습니다. 당연한 일이지요. 페인트칠의 대가는 이미 받았습니다. 그러니 이 선물은 받을 수가 없습니다."

그는 페인트공의 배려에 다시 한번 감사의 뜻을 표시했습니다.

"부탁도 하지 않았는데 구멍을 막아주어, 위험에 빠질 뻔한 내 아들 둘이 무사하답니다. 정말 고맙습니다."

☞ 이웃 사랑은 이렇듯 작은 '배려'에서부터 시작됩니다. '배려'는 그것이 아무리 작은 것이라 할지라도 누군가의 목숨을 구하기도 합니다.

초청받지 않은 사람

한 랍비가 회의에 참석한 사람들에게 말했습니다.

"내일은 아침 일찍 여섯 사람이 모여 중요한 문제 해결을 위해 논의할 것입니다. 참석할 분들에게는 이미 통지해 놓았습니다."

그런데 다음 날 아침에 모인 사람은 여섯 사람이 아닌 일곱 사람이었습니다. 랍비가 초청하지 않은 사람이 한 명 끼어 있었던 것입니다.

랍비는 통지받지 않고 참석한 사람이 누구인지 알 수가 없었습니다. 그래서 이렇게 말했습니다.

"여러분, 내가 통지한 사람은 여섯 명인데 지금 이 자리에 일곱 명이 참석해 있습니다. 그러니까 초청받지 않은 한 사람이 참석한 겁니다. 미안하지만, 그 사람은 돌아가 주십시오."

그러자 한 젊은이가 일어나 회의장에서 나갔습니다. 그 자리에 남게 된 여섯 사람은 안도의 숨을 쉬었습니다.

그러나 이해 가지 않은 점이 있었습니다. 방금 회의장에서 나간 젊은이는 매우 중대한 문제를 논의해야 하는 이 자리에 반드시 참석해야 할 만큼 지혜로운 사람이었기 때문입니다. 따라서 그가 그 모임에 초청받지 않았을 거라고는 아무도 생각할 수 없었습니다.

회의가 끝난 후 랍비에게 왜 그분을 초청하지 않았느냐고 물었습니다. 랍비가 대답했습니다.

"내가 미처 깨닫지 못한 것을 그 젊은이가 깨우쳐주었소. 사실, 그 젊은이는 내가 분명히 초청했소. 그런데 그는 초청받지 못한 사람이 부끄러워하면서 나가게 될 것을 알고, 자신이 초청받지 못한 것처럼 먼저 나간 거라오. 나는 거기까지 미처 생각하지 못했는데, 그 젊은이는 그것까지 생각하였으니 훌륭한 젊은이인 것이 틀림없소."

육체와 정신

대궐에 '오차'라고 하는 아주 맛있는 과일이 열리는 나무가 있었습니다. 왕은 그 과일나무를 잘 지키기 위해 보초 두 명을 세워놓았습니다. 그런데 두 사람 중 한 명은 앞을 못 보는 장애인이었고, 또 한 명은 다리가 불편한 장애인이었습니다.

한참 동안 보초를 서 있다 보니 두 사람은 그 과일이 너무나 먹고 싶어졌습니다. 그리하여 그것을 따 먹을 방법을 궁리했습니다.

여러 가지 궁리 끝에, 앞을 못 보는 장애인은 다리가 불편한 장애인을 자신의 어깨 위에 태운 다음 다리가 불편한 장애인이 말하는 방향으로 움직였습니다. 다리가 불편한 장애인은 앞을 못 보는 장애인의 어깨를 타고 앉아 높은 곳에 열려 있는 과일을 몽땅 땄습니다. 그리하여 두 사람은 맛있는 과일을 실컷 먹었습니다.

밤사이에 '오차'가 몽땅 사라진 것을 알게 된 왕은 노발대발하면서, 두 사람을 심문했습니다.

앞을 보지 못하는 사람은 앞을 볼 수 없는 자신이 어떻게 과일을 따 먹을 수 있겠느냐고 항변했고, 다리가 불편한 사람은 자신이 어떻게 나무 위에 올라가서 그것을 따 먹을 수 있었겠느냐고 반문했습니다.

왕은 반신반의하면서도, 그들의 말이 옳다고 인정할 수밖에 없었습니다.

☞ 이처럼 어떤 일을 할 때 두 사람이 힘을 합치면, 한 사람이 두 배로 일한 것보다 훨씬 더 큰 힘이 나옵니다.

사람은 육체나 정신 중 한 가지만으로는 아무것도 할 수 없습니다. 육체와 정신이 힘을 합해야만 그때 비로소 무슨 일이든지 할 수 있습니다.

하나의 몸에 두 개의 머리

한 랍비가 강의를 하던 중, 청중에게 다음과 같은 질문을 던졌습니다.

"만일 한 몸에 두 개의 머리를 가진 아이가 태어났다면 이 아이를 한 사람으로 세야 할까, 아니면 두 사람으로 세야 할까요?"

그러자 한 사람이 손을 들고 말했습니다.

"머리가 둘이라 할지라도 몸이 하나라면 한 사람으로 세야 하지 않을까요?"

또 다른 사람이 말했습니다.

"머리가 둘이니까 두 사람이 맞죠."

랍비는 사람들이 말하는 의견을 듣고 나서 다음과 같이 말했습니다.

"만약 한쪽 머리에 뜨거운 물을 부었을 때 다른 쪽 머리도 비명을 지른다면 필시 한 사람일 것이고, 아무렇지 않은 듯 반응을 보이지 않는다면 두 사람이라 할 수 있을 것입니다."

☞ 다른 사람의 아픔과 고통, 슬픔을 함께 나누어야 '한 몸'이라고 할 수 있습니다.
또한 다른 사람의 영광도 함께해야 '한 몸'이라고 할 수 있습니다.

거미, 모기 그리고 미치광이

　다윗 왕은 거미를 끔찍이 싫어했습니다. 아무 데나 지저분하게 줄을 치는 모습을 볼 때마다 아무짝에도 쓸모없는 벌레라고 생각하곤 했습니다.

　그러던 어느 날 전쟁터에서 적군에게 포위되어 자기 한 몸조차 빠져나갈 수 없는 상황에 부닥쳤습니다. 다급해진 그는 결국 동굴 속에 몸만 숨기게 되었는데, 마침 그 동굴 입구에서 거미 한 마리가 거미줄을 치기 시작했습니다.

　그를 추격하던 적군의 병사들이 뒤따라서 바로 그 동굴 앞까지 왔습니다. 그러나 그들은 동굴 입구에 거미줄이 처져 있는 것을 보고, 안에 사람이 들어갔으리라고는 생각지 못하고 그냥 돌아갔습니다.

　또 다윗 왕은 적장이 잠자고 있는 방에 몰래 숨어 들어가

적장의 칼을 훔쳐낸 다음, 이튿날 아침에 '내가 당신이 자고 있을 때 칼을 가져왔을 정도이니 마음만 먹었다면 당신의 목을 가져오는 것쯤은 간단히 해낼 수 있었소.' 하고 말하며 적장을 굴복시키겠다는 계획을 세웠습니다. 하지만 좀처럼 그 기회를 잡을 수가 없었습니다.

그러던 어느 날 밤, 그는 어렵게 적장의 침실에 잠입했습니다. 그런데 칼이 적장의 다리 밑에 있어서 꺼낼 수가 없었습니다. 할 수 없이 다윗 왕은 모든 것을 단념하고 돌아가려고 했습니다.

그런데 바로 그때 모기 한 마리가 날아와 적장의 다리 위에 앉았습니다. 적장은 무의식중에 다리를 움직였습니다. 다윗왕은 그 틈을 이용해 재빨리 적장의 칼을 빼낼 수 있었습니다.

그리고 한번은 다윗 왕이 적에게 포위되어 목숨을 잃을 만큼 위태로운 순간에 처했습니다. 그런데 이때 그는 느닷없이 미치광이 흉내를 내어 위험한 상황을 모면했습니다.

적의 병사들은 그 미치광이가 설마 다윗 왕이라고는 생각하지 못하고 그냥 지나쳐 버렸던 것입니다.

☞ 세상의 어떠한 것이라도 전혀 쓸모없는 것은 없습니다. 그러므로 아무리 미천하고 보잘것없어 보이는 것일지라도 결코 소홀히 여겨서는 안 된다는 것입니다.

개와 독이 든 우유

오래전, 이스라엘의 농촌에는 어딜 가든 뱀이 아주 많았습니다.

어느 날 한 농가의 창고에 놓여 있던 우유 통 속으로 독사한 마리가 기어들어 갔습니다. 그 바람에 우유 속에 독사의 독이 녹아들었습니다. 그 사실을 알고 있는 것은 집을 지키고 있던 개뿐이었습니다.

얼마 후 집에 돌아온 식구들이 창고에서 우유를 가져와 컵에 따라놓자, 갑자기 개가 사납게 짖기 시작했습니다. 식구들은 개가 왜 그렇게 짖는지 영문을 알 수 없었습니다.

그러다가 식구 중 한 사람이 따라놓은 우유를 입에 대려 하는데, 그 순간 개가 갑자기 뛰어오르더니 우유가 담긴 컵을 덮치는 것이었습니다. 그 바람에 우유가 바닥에 쏟아졌고, 쏟아진 우유를 핥아먹은 개는 곧바로 숨을 거두고 말았습니다.

그제야 가족들은 우유 속에 독이 들어 있었다는 사실을 깨달 았습니다.

주인을 구하기 위해 대신 죽은 그 개는 당대의 랍비로부터 대단한 경의와 찬사를 받았습니다.

❧ 동물도 사람처럼 여러 감정을 느끼며, 자신을 길러준 사람 에게 고마움을 느끼는 존재입니다.

사람과 함께 살아가는 동물을 친구이자 한 가족처럼 돌보아 야 하겠습니다.

마법의 사과

임금의 외동딸이 중병에 걸려 몸져눕게 되었습니다.

의사는 세상에서 하나밖에 존재하지 않는 귀한 약을 공주에게 먹여야만 살릴 수 있다고 말했습니다.

임금은 고민 끝에 공주의 병을 고쳐 주는 사람을 사위로 삼고, 왕위까지 물려주겠다는 포고문을 작성하여 나라 곳곳에 붙였습니다.

외딴 산골에 신통한 물건을 하나씩 가지고 있는 삼 형제가 살고 있었습니다. 어느 날 우연히 첫째가 마법의 망원경으로 이 포고문을 보게 되었습니다.

첫째는 포고문에 대해 다른 형제들에게 이야기하였고, 이를 안타깝게 여긴 삼 형제는 어떻게 하면 공주를 살릴 수 있을지 머리를 맞대고 의논했습니다.

그리고 그들은 다음과 같은 결론을 내렸습니다.

둘째는 아무리 먼 곳이라도 눈 깜짝할 새 날아갈 수 있는 마법의 양탄자를 갖고 있었고, 셋째는 먹기만 하면 어떤 병이라도 다 낫게 해주는 마법의 사과를 갖고 있었습니다.

삼 형제는 마법의 양탄자를 타고 궁전에 도착했습니다. 그리고는 지체하지 않고 바로 공주를 찾아가 마법의 사과를 먹였습니다.

그러자 공주의 병은 언제 그랬냐는 듯 말끔하게 완치되었습니다.

이 소식을 들은 백성들은 진심으로 기뻐했습니다.

임금은 공주의 쾌차를 축하하는 풍악을 울리고, 삼 형제 중에서 사위가 될 사람을 정하기로 했습니다.

삼 형제는 누가 공주의 사위가 되어야 하는지를 놓고 논쟁을 벌였습니다.

먼저 첫째가 말했습니다.

"내가 망원경으로 그 포고문을 보지 못했다면 애초부터 이 일은 해내지 못했어. 심지어 공주가 아프다는 사실조차 몰랐을 거야."

이어서 둘째가 말했습니다.

"이렇게 먼 곳을 내 양탄자 덕분에 올 수 있었던 건 왜 생각하지 못해? 그리고 양탄자가 없었다면 이렇게 빨리 여기까지 올 수 있었을까?"

마지막으로 셋째가 말했습니다.

"내 사과가 없었다면, 공주는 아직도 병으로 고통스러워하고 있었을 거야. 그리고 공주는 지금처럼 완쾌하지 못했겠지."

만약 당신이 임금이라면 누구를 사위로 선택하겠습니까?
그 답은 공주에게 마법의 사과를 준 셋째입니다.
첫째의 망원경과 둘째의 양탄자는 사용했어도 계속해서 남
아 있습니다. 하지만 셋째의 사과는 공주가 먹어 버렸으므로
더 이상 남아 있지 않습니다. 셋째는 공주를 살리기 위해 자신이
가진 모든 것을 내놓았던 것입니다.
무엇인가 남에게 베풀 때는 모든 것을 주는 것이 가장 중요합
니다.

공로자는 누구?

어떤 왕이 병이 들었습니다. 그 병은 세상에서 보기 드문 병이어서 암사자의 젖을 먹으면 나을 수 있다고 의사가 말했습니다. 그러나 암사자의 젖을 구하는 것이 결코 만만한 일이 아니었습니다.

왕의 병세가 점점 깊어지자, 그 소문이 백성들에게 퍼졌습니다. 그러자 어느 총명한 젊은이가 발 벗고 나섰습니다.

젊은이는 용기를 내어 사자가 있는 동굴 가까이에 가서 사자 새끼를 한 마리씩 어미 사자에게 넣어주었습니다. 열흘쯤 지나자, 어미 사자는 젊은이가 가까이 가도 으르렁대지 않았습니다. 어미 사자와 친해진 그는 젖을 조금씩 짜내어 병에 담았습니다.

마침내 사자의 젖이 어느 정도 모이게 되자, 젊은이는 궁전으로 발걸음을 옮겼습니다. 그런데 가는 도중에 백일몽을 꾸었습니다. 몸에서 어느 부위가 가장 중요한가를 놓고 그의 신체 부위들이 말다툼을 벌이는 것이었습니다.

가장 먼저 눈이 나섰습니다.

"눈이 없었다면, 앞을 보지 못하는데 어떻게 그곳까지 갈 수 있었겠어? 그러니까 이번 일로 훈장을 받을 만한 자격이 있는 것은 바로 나야, 나!"

심장이 눈의 말을 가로막았습니다.

"말도 되지 않는 소리 하지 마. 담력이 없으면 사자 근처에도 가지 못했을 테니까, 그 공은 내 거라고."

발도 지지 않고 끼어들었습니다.

"발이 없었으면 어떻게 사자가 있는 동굴까지 갈 수 있었겠어? 그러니까 내가 제일 큰 공을 세운 거야."

그러자 혀가 나섰습니다.

"그래 봐야 뭘 해? 만약 내가 말을 할 수 없으면 아무 소용이 없는데. 그러니까 모든 공은 나에게 돌아올 거야."

그 말에 다른 신체 부위들이 혀의 말문을 막으며 윽박질렀습니다.

"조그맣고 뼈도 없는 주제에 어디다 대고 건방지게 구는 거야? 까불지 말고 가만히 있어!"

그러는 동안 젊은이가 사자의 젖을 들고 궁전 안으로 들어서자, 혀가 다른 부위들에게 이렇게 말했습니다.

"사람의 몸 중에서 과연 어느 부위가 가장 중요한지 두고 보자고."

젊은이가 무릎을 꿇고 왕에게 암사자의 젖을 내놓자, 왕이 의아해하는 표정으로 물었습니다.

"이것이 무슨 젖이냐?"

왕의 질문에 젊은이가 느닷없이 이렇게 대답했습니다.

"네, 개의 젖이옵니다."

혀가 엉뚱한 대답을 하자 모두 식은땀을 흘렸습니다. 조금 전까지 공을 다투던 신체의 각 부위들은 그때야 혀의 위력을 깨닫고 혀에게 잘못을 빌었습니다.

사과를 받아낸 혀가 얼른 다시 말을 바꿨습니다.

"제가 잘못 말씀드렸습니다. 이것은 진짜 암사자의 젖이옵니다."

☙ 중요한 대목에서 자제력을 잃게 되면 돌이킬 수 없는 결과를 초래할 수도 있습니다.

또한 공동체에서는 서로 양보하고 배려하며 상대방을 치켜 줄 줄 아는 미덕과 사랑하는 마음이 가장 필요합니다.

아담의 갈비뼈를 훔친 도둑

　어느 날 로마 황제가 한 랍비의 집을 방문하여 이렇게 물었습니다.

　"하느님은 결국 도둑 아닌가? 아담이 잠자고 있는 사이에 허락도 없이 갈비뼈를 훔쳐 갔으니 말이다."

　(≪구약성경≫에 인류 최초의 여성인 이브는 아담의 갈비뼈 한 대를 뽑아 만들었다고 기록되어 있습니다.: 엮은이 주)

　황제의 어이없는 질문에 랍비가 대답을 못 하고 있는데, 옆에 있던 랍비의 딸이 끼어들었습니다.

　"제게 좀 난처한 일이 있어서 그러는데, 저에게 황제 폐하의 부하를 한 사람만 보내주실 수 있겠습니까?"

　그녀의 말에 황제가 그 이유를 물었습니다.

　"그건 별로 어려운 일이 아니다만, 도대체 난처한 일이 무엇이냐?"

랍비의 딸이 대답했습니다.

"어젯밤에 도둑이 들어와 우리 집 금고를 하나 훔쳐 갔습니다. 그런데 그 도둑이 금고가 있던 자리에 금 그릇을 두고 간 겁니다. 어째서 그렇게 했는지 조사해 보고 싶습니다."

그러자 황제가 말했습니다.

"그것참 부럽구나. 그런 도둑이라면, 내게도 들어왔으면 좋겠는데!"

그러자 랍비의 딸이 이렇게 말했습니다.

"그럴 겁니다. 하지만 그것은 결국 아담의 몸에서 일어난 일과 똑같지 않습니까. 하느님은 갈비뼈 하나를 훔쳐 갔지만, 한 개의 갈비뼈보다 값진 여자를 이 세상에 남겨놓으셨으니 말입니다."

갈비뼈로 여자를 만든 이유

　태초에 하느님이 여자를 만들 때 남자의 머리로 여자를 만들지 않은 이유는 여자가 남자를 지배할 수 없도록 하기 위해서입니다.

　남자의 발로 여자를 만들지 않은 이유는 여자가 남자의 노예가 되지 않도록 하기 위해서입니다.

　남자의 갈비뼈로 여자를 만든 이유는 여자가 항상 남자의 마음 가까이 있도록 하기 위해서입니다.

선(善)과 악(惡)의 동행

그 옛날에 거대한 홍수가 나서 이 세상을 물로 휩쓸자, 노아가 방주를 짓고 모든 짐승을 암수 한 쌍씩 받아들였습니다.

이때 선(善)도 헐레벌떡 달려왔으나, 선은 노아의 제지로 배에 오를 수가 없었습니다.

"짝이 있어야만 배에 탈 수 있습니다."

할 수 없이 선은 짝이 될 대상을 찾아다니다가 악(惡)을 데리고 방주로 돌아왔습니다.

이때부터 선과 악은 마치 동전의 앞면과 뒷면처럼 항상 동행하고 있습니다.

☞ 어둠이 없는 빛이 없고, 악이 없는 선이 없는 법입니다.

성공한 랍비가 우는 까닭은?

고매한 인품과 탁월한 식견을 갖고 있어 많은 사람에게 추앙 받는 랍비가 있었습니다.

그는 남을 돕기를 좋아했으며, 더할 나위 없이 정직하고 올바른 사람이었습니다.

길을 걸을 때는 개미 한 마리조차 발에 밟히지 않도록 조심하는 그는 두터운 신앙심을 바탕으로 하느님을 섬기는 것 또한 지극했습니다. 그의 이런 모습에 감복 받은 제자들은 그를 진심으로 존경하고 따랐습니다.

그는 어느 모로 보나 랍비로서 성공한 사람이었습니다.

시간이 흘러 여든의 나이가 된 그가 어느 날 몸져눕자, 제자들이 그의 곁으로 모여들었습니다.

자신의 목숨이 얼마 남지 않았다고 느낀 그는 지난날을 회고하며 눈물을 흘리기 시작했습니다.

깜짝 놀란 제자들이 랍비를 위로하며 눈물을 흘리는 연유를 물었습니다.

"선생님께서는 매 순간 최선을 다해 사셨으며, 제자들을 올바른 길로 이끌기 위해 노력하셨습니다. 이뿐만이 아닙니다. 지극한 정성으로 하느님을 모셨고, 때 묻은 정치판에 발 한번 들여놓으신 적이 없습니다. 이렇듯 숭고하고 고상한 삶을 사신 선생님께서 왜 후회의 눈물을 흘리십니까?"

제자들의 질문에 랍비가 이렇게 답했습니다.

"내가 우는 이유가 바로 그것이니라. 죽음을 목전에 둔 나에게 누군가가 와서 공부를 열심히 했는지, 하느님을 진정으로 모셨는지, 올바른 삶을 살았는지를 묻는다면 나는 자신 있게 '그렇소.'라고 대답할 수 있다. 하지만 주위를 돌아보며 이웃과 함께 살았는지를 묻는다면 나는 '그렇지 않소.'라는 대답 밖에는 할 수가 없다. 지난날에 좀 더 많은 사람과 함께하지 못한 것이 후회스럽구나. 일신의 욕심만을 채울 것이 아니라 이웃들과 함께 어울리고, 그 관계에서 오는 기쁨을 즐기는 법도 알았어야 했는데 말이다. 그래서 지금 이렇게 눈물을 흘리고 있다."

낯선 동물

많은 양을 키우고 있는 왕이 있었습니다. 그는 양을 방목하기 위해 양치기까지 동원했습니다.

어느 날, 양과 비슷하게 생겼지만 양은 아닌 동물 한 마리가 양떼 사이로 들어왔습니다.

양치기는 그 사실을 왕에게 즉시 보고했습니다.

"양이 아닌 이상한 동물 한 마리가 양떼 속으로 들어왔습니다. 어떻게 하면 좋겠습니까?"

그러자 왕이 무덤덤하게 지시를 내렸습니다.

"그 동물을 특별히 더 신경 써서 돌보도록 하라."

답변을 들은 양치기가 놀란 표정을 짓자, 왕이 덧붙여 말했습니다.

"내가 키우던 양은 처음부터 내 양이었으니 별 걱정할 필요가 없을 거다. 하지만 새로 들어온 그 동물은 지금까지 전혀 다른 곳에서 살다 왔으니 잘 지내도록 신경 써야 한다. 자신과 다른 양들과 어울려서 잘 지낸다면 그보다 더 기쁜 일이 어디 있겠느냐?"

✎ 유대인들은 태어난 순간부터 유대의 전통 속에서 성장하게 됩니다.

그런데 유대의 전통이 아닌 다른 환경 속에서 성장한 사람이 유대의 전통과 문화를 이해하고 받아들이면 유대인들로부터 원래의 유대인보다 더 큰 존경을 받습니다.

≪탈무드≫에서는 세상 사람들을 유대인처럼 만들기 위해 특별히 애쓸 필요는 없다고 말하고 있습니다. 어떠한 신앙을 가졌건 간에 선한 사람은 누구나 구원받을 수 있다는 믿음 때문입니다.

자선의 대가

　예루살렘 근처에서 대규모의 농장을 운영하는 부부가 있었습니다. 그 부부는 그 지역에서 가장 자선에 힘을 쏟는 농군으로 많은 이의 존경을 받았습니다.

　랍비들이 매년 그 농장을 찾아가면, 부부는 정성껏 랍비들을 대접하는 것은 물론이고 가난하고 병든 사람들을 위해 적잖은 돈을 기부했습니다.

　그러던 어느 해, 갑자기 태풍이 휘몰아쳐서 재배하던 농작물을 휩쓸어 버렸습니다. 설상가상으로 마을에 전염병까지 퍼져 키우던 양과 소 등 가축들도 모두 죽고 말았습니다.

　부부가 삶의 터전을 잃어버리자, 이 소식을 들은 채권자들이 벌떼처럼 몰려들어 재산을 압류했습니다. 그 결과 그들에게 남은 것이라곤 조그마한 자투리땅뿐이었습니다.

　하지만 그들은 절망하지 않았습니다. 단지 '하느님께서 주신

것을 다시 가져가신 것이니 할 수 없지.' 하고는 태연스럽게 자투리땅으로 나가 일했습니다.

농장이 망해 버린 그해에도 랍비들이 찾아왔습니다. 랍비들은 변해 버린 농장을 보고 무척이나 놀라며, 이내 심심한 위로의 말을 건넸습니다.

부부는 찾아온 랍비들에게 예전처럼 많은 금액을 기부할 수 없어 미안한 마음뿐이었습니다.

아내는 남편에게 작은 소리로 이렇게 말했습니다.

"매년 랍비님들께 기부했는데, 올해는 아무것도 내놓을 게 없어서 부끄럽네요. 그렇다고 저분들을 빈손으로 보낼 수도 없잖아요."

부부는 의논 끝에 자투리땅의 절반을 팔아 기부하고, 나머지 땅을 일구어 농사를 짓기로 했습니다.

예상치 못했던 기부금을 받은 랍비들은 깜짝 놀라며 감사의 뜻을 표했습니다.

그러던 어느 날 소를 이용하여 절반 남은 자투리땅을 갈고 있는데, 밭을 갈던 소가 갑자기 흙구덩이에 빠졌습니다. 놀란 부부는 흙구덩이에서 허우적거리는 소를 끌어내다가 소의 발밑에서 반짝거리는 무언가를 발견했습니다. 자세히 살펴보니, 구덩이에 온갖 보화가 숨겨져 있는 것이었습니다.

농장 부부는 그 보화를 팔아 다시 옛날처럼 큰 농장을 운영하게 되었습니다.

다음 해가 되자, 랍비들은 아직도 농장 부부가 가난하고 어렵게 살고 있을 것이라 믿고 지난해 살던 곳으로 찾아갔습니다. 그랬더니 이웃 사람들이 "저쪽 큰 집에 살고 있다."고 알려주었습니다.

랍비들이 새롭게 마련한 농장으로 가자, 주인은 일 년 동안 있었던 일들을 얘기해 주며 이렇게 덧붙였습니다.

"우리가 그동안 자선했던 것이 이렇게 돌아오는 것 같습니다. 기부할 당시에는 돈을 잃는 것같이 느껴지기도 하지만, 하느님은 반드시 어떤 방식으로든 그 대가를 되돌려주신다는 것을 확실히 알았습니다."

☞ 베풀면 그 이상으로 돌려받게 됩니다.

당신 자식들이 누구입니까?

어느 마을에 엄청나게 재물이 많은 부자가 있었습니다. 그는 자신이 열심히 장사해서 번 돈이라며 굉장히 자랑스럽게 여겼고, 쓰는데도 거리낌이 없었습니다.

그런데 그가 사는 마을에는 헐벗고 굶주린 사람이 많았습니다. 그런 탓에 걸인들이 찾아와 구걸하는 일이 많았는데, 부자는 그때마다 그들을 매몰차게 내쫓으며 모욕을 주기 일쑤였습니다. 주변에는 전혀 관심 두지 않고 혼자만 잘 먹고 잘사는 부자를 마을 사람들은 탐탁지 않게 여겼습니다.

하지만 부자는 누가 뭐라든 자신의 재물을 지키는 데만 골몰했고, 그런 중에 자신이 문전박대한 걸인들이 퍼부어대는 악담을 듣게 되었습니다. 처음엔 대수롭지 않게 생각했지만, 언젠가부터 걸인들이 들고일어나 재물을 빼앗고 가족들을 공격하면 어쩌나 하며 불안해지기 시작했습니다.

그러던 어느 날 부자의 꿈속에 하느님이 나타났습니다.

"네가 원하는 소원을 말하라. 내가 무엇이든 이루어 주겠다."

하느님의 음성을 들은 부자는 자신이 원하는 것을 말했습니다.

"제가 가진 재물이 지금보다 더 많아지고, 우리 가족이 안전하게 살게 해 주십시오."

하느님이 "기꺼이 그 소원을 들어주겠다."라고 하자, 부자는 크게 기뻐했습니다.

잠시 후, 또다시 하느님이 음성이 들렸습니다.

"대신 조건이 있다. 내가 너의 가족들을 돌보아 주겠으니, 너는 내 자식들을 돌보아다오."

"당신의 자식들이 누구입니까?"

"먹지 못해 굶주리고, 병들어 고통스러워하며, 집이 없어 추위에 떠는 자들이 바로 내 자식들이다. 그들을 업신여기거나 모욕을 주어 더 이상 내 마음을 아프게 하지 말아다오! 그리하면 내가 지금까지 보다도 더 많은 부와 영화를 누리게 해주겠다."

그 말을 듣고 꿈에서 깬 부자는 크게 슬퍼하며 그간 자신이 한 행동을 뉘우쳤습니다.

날이 밝자, 부자는 그동안 멸시하던 걸인들과 굶주린 사람들을 불러 모았습니다. 그리고는 따뜻한 음식을 대접하고, 필요한 물건들을 나누어 주었으며, 떠돌아다니면서 추위에 떠는 사람들에게 잠자리를 마련해 주었습니다.

☞ 모든 사람이 하느님의 자식입니다.

사 랑

이 세상에는 강한 것 열두 가지가 있습니다.
맨 먼저 '돌'입니다. 하지만 돌은 쇠로 깎을 수 있습니다.
그러나 '쇠'는 불에 녹습니다.
'불'은 물을 만나면 꺼집니다.
또한 '물'은 구름이 됩니다.
'구름'은 다시 바람에 흩어집니다.
그러나 '바람'도 인간을 날려 보내진 못합니다.
그런 '인간'도 공포로 인해 산산이 깨져 버립니다.
'공포'는 술로 없앨 수 있습니다.
하지만 '술'은 잠에 의해 깨어납니다.
그러나 '잠' 또한 죽음만큼 강하지는 못합니다.
그렇지만 그 '죽음'도 '사랑'을 이겨낼 수는 없습니다.

용서받을 수 있는 거짓말

인간관계에서는 진실을 말해야 하지만, 다음과 같은 특별한 두 가지 경우에는 거짓말을 해야 합니다.

첫 번째, 이미 누가 물건을 사 버린 후에 물건이 어떠냐고 의견을 물어오면, 설령 그 물건이 좋지 않아 보여도 좋은 것이라고 거짓말을 해야 합니다.

두 번째, 친구가 결혼했을 때 비록 신부가 미인이 아닐지라도 반드시 굉장한 미인이라고 말하며 행복을 기원해야 합니다.

☞ 남에게 해가 되지 않는 선의의 거짓말, 흔한 말로 '하얀 거짓말'은 상황에 따라서는 '진실'보다 더 진실이 될 수 있습니다.

환 심

솔로몬 왕이 어느 날 시온 성에서 잠시 휴식을 취하고 있었습니다. 그때 뒤뜰 숲속에서 작은 새 두 마리가 마주 보며 지저귀고 있는 모습이 눈에 들어왔습니다.

솔로몬은 새들의 말을 알아들을 수 있는지라 그 두 마리의 새가 무슨 얘기를 하는지 귀를 기울였습니다.

먼저 수놈이 암놈에게 말했습니다.

"그대가 명령만 내린다면, 국왕 폐하가 살고 계시는 이 성조차도 하루아침에 무너뜨려 보일 거야."

솔로몬은 그 말을 듣고, 과연 그 작은 새가 그런 엄청난 일을 해낼 수 있을지 궁금해졌습니다. 그래서 그 새를 잡아 오라고 명령했습니다.

마침내 신하가 날개를 파닥거리고 있는 작은 새를 그물로 사로잡아서 데려오자 솔로몬이 물었습니다.

"너는 그 연약한 몸으로 어떻게 내가 살고 있는 이 성을 무너뜨리겠다는 거냐?"

그러자 작은 새가 반문했습니다.

"솔로몬 왕이시여, 폐하께선 그만한 지혜도 없으십니까? 사내가 계집의 환심을 사기 위해서라면 감히 생각조차 할 수 없는 일이라도 과장해서 얘기한다는 걸 정말 모르신단 말씀입니까?"

복수와 증오의 차이

어떤 남자가 친구에게 말했습니다.

"도끼 좀 잠깐 빌려주게나."

하지만 친구는 한마디로 싫다고 거절했습니다.

그 뒤 며칠이 지난 다음, 이번에는 반대로 앞서 거절했던 그 친구가 찾아와 남자에게 망치를 빌려 달라고 부탁했습니다.

그러자 남자는 이렇게 말했습니다.

"자네가 저번에 도끼를 빌려주지 않았으니, 나도 자네에게 망치를 빌려주지 않겠네."

또 다른 남자가 친구에게 톱을 빌려 달라고 부탁했습니다.

하지만 친구는 단칼에 부탁을 거절했습니다.

며칠 후, 이번에는 반대로 앞서 부탁을 거절했던 친구가 남자에게 찾아와 삽을 빌려 달라고 했습니다.

그러자 남자는 이렇게 말했습니다.

"비록 지난번에 자네가 나에게 톱을 빌려주지 않았지만, 나는 자네에게 삽을 빌려주겠네."

첫 번째 이야기는 '복수'에 관한 이야기고, 두 번째 이야기는 '증오'에 관한 이야기입니다.

첫 번째 이야기는 받은 대로 되갚아 주었으니 당연히 '복수'입니다. 두 번째 이야기가 '증오'인 까닭은 상대방에게 수치심을 주면서 내 것을 내어주었기 때문입니다.

시간이 없는 세계

두 나라의 왕이 크지도 않은 땅덩어리 때문에 오랜 기간 부질없는 전쟁을 지속하고 있었습니다. 어느 때는 이쪽이 이기고 또 어느 때는 저쪽이 승리했습니다. 그러는 동안 서로의 재산과 인명을 엄청나게 낭비하게 되자, 두 왕은 서로의 가문을 조사하여 좀 더 고귀한 가문인 쪽이 전쟁의 원인이 된 땅을 소유하기로 하자고 합의했습니다.

그때 한쪽 왕이 자신은 일찍이 유대인 몰살을 꾀했던 페르시아의 대신 하만의 자손임을 뒤늦게 깨달았습니다. 이 사실을 알게 되자, 그는 선조였던 하만과 마찬가지로 유대인을 괴롭히고 싶다는 생각이 들었습니다. 그리하여 그는 자국 내에 거주하는 유대인들에게 일주일 내에 은 10만 닢을 바치라고 명령한 다음, 몰데하이라는 이름의 유대 젊은이를 인질로 잡아 놓았습니다. 그리고는 만약 그 액수를 바치지 못하면 그 젊은이를 교수형에 처하겠다고 선포했습니다.

이 사실을 안 유대인들은 당장 단식을 시작하고, 각처에 흩어져 있는 현자들에게 사람을 보내 기도를 올려 달라고 부탁했습니다.

그때 한 현자가 이렇게 말했습니다.

"이러이러한 마을로 가 보시오. 그곳 성문 밖에 누더기를 꿰매고 있는 사나이가 있을 테니, 그에게 내 이름을 대고 도움을 청해 보시오."

사람들은 현자가 말해 준 대로 찾아가 가난한 바느질꾼을 발견하자, 지금 유대인이 어떤 고난을 겪고 있는지를 설명했습니다.

"제겐 당신들을 도와드릴 만한 힘이 없습니다. 저는 바느질 품팔이를 하는 가난뱅이에 지나지 않아요."

그러나 찾아간 사람들이 이러이러한 현자로부터 당신을 찾아가라는 말을 듣고 왔노라고 하자, 그가 대답했습니다.

"알겠습니다. 아무 걱정하지 말고 돌아가십시오."

그러고 나서 얼마 후, 유대인을 괴롭히려는 왕에게 불가사의한 일이 발생했습니다.

평소에 일찍 일어나는 버릇이 있는 왕은, 아침에는 아무도 자기 방에 들이지 말라고 명령을 내려놓고 있었습니다.

그런데 어느 날 아침, 그가 여느 때처럼 일찍 깨어 보니 방 안에 누더기를 걸친 사나이가 서 있었습니다. 그는 불같이 화를 내며 시퍼렇게 날이 선 칼을 집어 들었습니다. 그런데 그

순간, 그가 보이지 않는 손에 의해 하늘 높이 치켜 올려지더니 성에서 100마일이나 떨어진 한 묘지 앞으로 내던져진 것이었습니다. 묘지는 하늘까지 치솟아 있는 높은 담으로 둘러싸인 것처럼 보였습니다.

왕은 인기척 없는 묘지에서 온종일 큰 소리로 외쳐댔습니다. 하지만 메아리만 되돌아올 뿐, 아무 소용이 없었습니다. 저녁 무렵, 담 바깥쪽에서 사람의 발소리가 들려오는 것 같아 왕은 황급히 구원을 요청했습니다. 그러자 어깨에다 자루 두 개를 메고 있는, 흉측스러울 만큼 키가 큰 거지가 나타났습니다. 거지는 그 자루 하나에서 빵을 꺼내어 왕에게 주었습니다. 다음 날에도, 또 다음 날에도 거지는 역시 같은 시간에 찾아와 빵을 내놓았습니다. 그것이 일주일 동안이나 계속되었습니다.

8일째가 되자, 왕은 묘지 사이에 멍하니 앉아 있는 것보다는 아무리 괴롭더라도 일을 하는 편이 나을 거란 생각이 들었습니다. 그리하여 왕은 먹을 것을 가져다주는 거지에게 사람 사는 곳으로 데려가 달라고 애원했습니다. 그러자 거지는 그를 숲속으로 데리고 갔습니다. 왕은 그곳에서 나무를 잘라 지붕에 얹는 일을 하게 되었습니다. 시간이 갈수록 조금씩 편해지긴 했지만, 거기서 꼬박 3년간 막일을 했습니다.

그러던 어느 날, 예전에 빵을 가져다주었던 거지가 다시 나타나서 말했습니다.

"이봐, 이제 이러이러한 곳으로 가라. 거기엔 국왕이 죽고 없다. 네가 국왕이라 자칭하고 있는데, 그렇다면 나라를 다스리는 방법도 잘 알고 있겠지? 다만 한 가지 미리 말해 둘 것이 있다. 그것은 유대인에 대한 모든 차별 규정을 폐지하겠노라고 선언해야 한다는 것이다."

왕은 그러한 내용을 성실히 이행하겠다고 맹세한 다음 문서로 작성하여 도장을 찍었습니다. 그리고는 그가 가르쳐 준 나라로 갔습니다.

거기서 그는 백성들의 환영을 받으면서 정식 왕으로 추대되었습니다. 그리고 아름다운 왕비와 결혼하여 행복하게 살면서 뛰어난 능력으로 나라를 다스렸습니다.

그러던 중 그는 자신이 과거에 다스리던 나라 근처에 가게 되었습니다. 그리 멀지 않은 곳에 자기가 살던 성이 보였습니다. 그는 총총걸음으로 성으로 들어가 옛날 자기 방으로 들어섰습니다. 그런데 놀랍게도 거기에는 그 옛날의 어느 날 아침 일찍, 자기 앞에 버티고 서 있던 그 거지가 있었습니다. 그리고 그의 손엔 유대인에 대한 모든 차별 규정을 폐지한다는 문서가 쥐어져 있었고, 그 문서에는 틀림없는 자기의 도장이 찍혀 있었습니다.

사실상 모든 일은 몇 초 사이에 왕의 뇌리를 스쳐 지나간 것이었지만, 왕은 오랜 세월 동안 이 방을 비워 두고 있었던 것처럼 느껴졌습니다.

그 기묘한 거지는 왕을 시간이 없는 세계로 데리고 갔던 것입니다.

방 문

어떤 마을에 외롭게 살아가는 노인이 있었습니다. 그런데 얼마 전 병까지 얻어 앓아눕고 말았습니다.

이 소식을 들은 랍비가 제자들을 불러들였습니다.

"오늘은 공부보다도 더욱 중요한 일을 해야겠다."

랍비는 제자들을 데리고 아픈 노인을 찾아갔습니다.

"바쁘신 선생님께서 어떻게 저같이 보잘것없는 늙은이를 찾아주셨습니까? 너무 황송합니다. 그런데 어쩌죠? 저는 아무것도 선생님들께 대접할 것이 없습니다."

노인은 보잘것없는 자기 자신을 찾아준 랍비와 제자들이 너무 고마웠습니다. 사실 노인은 혼자 외롭게 사는 생활에 지쳐 있어서 사람이 몹시 그리웠던 것입니다.

랍비와 제자들이 돌아간 후 노인은 조금씩 몸이 회복되었습니다.

"선생님, 선생님께서 다녀가신 후 그 노인의 병이 나았습니다. 선생님은 역시 훌륭하십니다."

제자들이 랍비를 치켜세우자 랍비가 이렇게 말했습니다.

"환자들에게 병문안을 가면 그 환자의 상태가 60분의 1쯤 좋아지지. 그러나 한꺼번에 60명이 병문안을 간다고 해서 그 환자의 병이 완전히 낫는 것은 아니라네. 중요한 것은 계속해서 관심을 가지고 병문안을 가는 것이 환자에게 가장 좋은 것이라네."

랍비가 계속 말했습니다.

"그러나 환자를 찾아가는 것보다 더 좋은 일이 있네. 그것은 바로 죽은 사람의 묘지를 찾아가는 일이지. 병문안은 환자가 회복되면 인사를 받을 수 있지만, 죽은 사람은 아무 인사도 할 수 없거든."

남자의 일생 7단계

남자의 일생은 다음과 같이 7단계로 나누어집니다.

1단계: 한 살 ⇨ 임금님.

누구나가 임금님을 모시듯이 떠받들고 달래며 비위를 맞추어 주는 단계.

2단계: 두 살 ⇨ 돼지.

흙탕물이든 진흙탕이든 아무 데나 뛰어다니는 단계.

3단계: 열 살 ⇨ 어린 양.

마음껏 웃고 떠들고 뛰어다니며 노는 단계.

4단계: 열여덟 살 ⇨ 망아지.

다 자랐다고 자기 힘을 자랑하고 싶어 하는 단계.

5단계: 결혼한 뒤 ⇨ 당나귀.

가정이라는 무거운 짐을 지고 힘겨운 발걸음을 내딛는 단계.

6단계: 중년 ⇨ 개.

가족의 부양을 책임지기 위해 다른 사람들의 호의를 개처럼 구걸하는 단계.

7단계: 노년 ⇨ 원숭이.

어린아이나 다름없이 되지만, 아무도 관심을 기울여 주지 않는 단계.

여 자

◇ 남자가 여자보다 더 쉽게 이성에게 끌리는 것은, 하느님이 남자의 갈비뼈를 빼내어 여자를 만들었으므로 그 잃어버린 자신의 갈비뼈를 다시 찾으려 하기 때문이다.

◇ 하느님이 처음 창조한 인간은 양성의 특징을 갖고 있었다. 그래서 남자의 몸에는 여성 호르몬이, 여자의 몸에는 남성 호르몬이 있는 것이다.

◇ 흔히 정열 때문에 결혼하지만, 그 정열은 결혼보다 오래가지 못한다.

◇ 사랑에 빠진 사람에겐 남의 충고를 들을 여유가 없다.

◇ 여자는 남자보다 정에 약하다.

◇ 여자의 육감은 남자보다 훨씬 뛰어나다.

◇ 여자는 미신에 잘 빠진다.

◇ 여자는 외모를 무엇보다도 소중하게 여긴다.

◇ 여자의 기묘한 아름다움에 저항할 수 있는 남자는 아무도 없다.

◇ 여자의 질투심엔 단 한 가지 원인밖에 없다.

◇ 순수하지 못한 동기로 시작한 사랑은, 그 동기가 사라지는 순간 곧바로 식는다.

◇ 여자에게도 한 잔의 술은 좋다. 그러나 두 잔은 여자의 품위를 잃게 하며, 석 잔은 여자를 부도덕하게 만들기도 한다. 만약 넉 잔이라면 그것은 여자의 파멸을 의미할 수도 있다.

친 구

◇ 신붓감을 고를 때는 눈높이를 한 단계 낮추되, 친구를 고를 때는 한 단계 높여라.

◇ 친구가 화를 낼 때 그를 달래지 마라. 슬픔에 잠겨 있을 때도 그를 달래지 마라.

◇ 친한 친구가 채소를 가지고 있으면, 그에 필요한 고기를 챙겨 주어라.

◇ 친한 친구가 꿀처럼 달콤하다고 해도, 그 꿀을 완전히 빨아 먹어서는 안 된다.

동 물

◇ 동물들은 자기와 같은 부류의 동물들과만 어울린다. 늑대는 양과 어울리는 법이 없고, 하이에나가 개와 같이 사는 법도 없다. 부자와 가난한 사람도 이와 마찬가지이다.

◇ 여우의 머리가 되기보다는 차라리 사자의 꼬리가 되는 편이 낫다.

◇ 고양이와 쥐도, 먹이가 되는 것을 함께 먹는 동안에는 다투지 않는다.

◇ 개 한 마리가 짖기 시작하면 다른 개들도 덩달아서 짖는다.

3. 지혜롭게 사는 삶

노인이 나무를 심는 이유

한 노인이 이마에 흐르는 땀을 닦으며 마당에 묘목을 심고 있었습니다. 노인은 무척 힘이 들어 보였습니다.

마침 그때 그곳을 지나가던 젊은이가 노인에게 다가가서 거들 어주며 물었습니다.

"이 나무에 언제쯤 열매가 열릴까요?"

그러자 노인이 숨을 고르며 대답했습니다.

"한 30년 정도 지나면 열매가 열리겠지요."

노인의 대답에 젊은이가 이상하다는 듯이 물었습니다.

"영감님께서 그 열매를 드실 수 있을까요?"

그러자 노인이 빙그레 웃으며 대답했습니다.

"내가 아무리 오래 산다 해도 그때까지 살 수는 없을 거요."

"그런데 왜 이렇게 힘들게 나무를 심고 계시나요?"

젊은이가 안쓰럽다는 표정을 지으며 다시 물었고, 노인은 눈을 지그시 감으며 나지막하게 말했습니다.

"내가 어렸을 적 우리 집 마당에는 과일나무가 참으로 많았다오. 나는 바로 그 열매를 따 먹으며 자랐지요. 그 나무들은 내가 태어나기 전에 할아버지와 아버지께서 심으신 것이었소. 지금 나는 내 할아버지와 아버지가 하신 그 일을 하고 있을 뿐이라오."

노인의 말에 감동한 젊은이는 환하게 웃으며 노인이 나무를 다 심을 때까지 도와주었습니다.

왕이 된 노예

착한 마음씨를 가진 부자가 있었습니다.

어느 날 부자는 집에서 성실하게 일하는 노예에게 많은 물건과 배 한 척을 내어주며 말했습니다.

"그동안 고생 많이 했다. 이제 너를 해방시켜 줄 테니 어디든지 좋은 곳으로 가서 행복하게 살아라."

자유로운 몸이 된 노예는 배를 타고 넓은 바다로 나아갔습니다. 그런데 얼마 지나지 않아 심한 폭풍우가 몰아쳤습니다. 그 바람에 그가 타고 있던 배가 뒤집혔고, 배에 가득 실었던 물건들도 모두 바닷속에 잠기고 말았습니다.

노예는 배에서 빠져나와 기를 쓰고 헤엄을 쳤습니다. 그 끝에 운 좋게도 가까운 섬에 도착했습니다. 목숨은 간신히 구했지만 모든 것을 잃고 만 노예는 절망한 나머지 바닥에 주저앉아 신세 한탄을 했습니다.

어느 정도 시간이 지난 후 정신을 차린 노예는 섬 주변을 살펴보다가 마을 하나를 발견했습니다. 이때 그는 옷을 하나도 걸치지 않은 벌거숭이 모습이었습니다.

하지만 그가 마을에 다다르자 사람들이 모두 환호성을 지르기 시작했습니다.

"우리 왕 만세!"

졸지에 그는 생각지도 못했던 왕의 자리에 올라 호화로운 궁전에 살게 되었습니다. 마치 꿈만 같았습니다.

도저히 믿을 수 없는 현실에 그는 한 사람을 붙잡고 물어보았습니다.

"벌거숭이에다 거지나 다름없는 내가 이곳에서 왕이라니, 도대체 어찌 된 일인가?"

그러자 그 사람이 대답했습니다.

"이곳은 산 사람들 세계가 아니라 영혼의 세계입니다. 그래서 일 년에 한 번씩, 산 사람이 이 섬에 나타나면 그 사람을 왕으로 모십니다. 그러나 일 년이 지나면 이 섬에서 쫓겨나 먹을 것이 전혀 없는 외딴섬으로 보내집니다. 그러니 왕이 되었다고 좋아하지만 말고, 그 점을 염두에 두셔야 합니다."

"정말 고맙구려. 일 년 뒤에 대비해서 지금부터라도 여러 가지 준비를 해야겠습니다."

그래서 왕이 된 노예는 틈이 나는 대로 사막과 같은 외딴섬에 가서 꽃과 채소는 물론이고 과일나무도 심기 시작했습니다.

일 년이 지났습니다.

노예는 예상했던 대로 왕의 자리에서 쫓겨나, 처음 그 섬에 도착했을 때와 마찬가지로 벌거숭이가 되어 외딴 죽음의 섬으로 떠나게 되었습니다.

그러나 그가 사막처럼 황폐했던 섬에 도착해서 보니 온갖 꽃이 만발하고 여러 가지 채소가 자라고 있었으며, 과일까지 주렁주렁 열린 신천지로 변해 있었습니다.

그리고 그보다 먼저 그 섬으로 쫓겨 온 사람들도 그를 반갑게 맞아 주었습니다. 그리하여 그는 그 사람들과 함께 행복하게 살게 되었습니다.

☞ 이 이야기에는 여러 가지 상징적 의미가 담겨 있습니다.

처음 등장하는 착한 마음씨를 가진 부자는 자애로우신 '하느님'을, 노예는 사람의 '영혼'을 뜻합니다. 또한 그가 오르게 된 첫 번째 섬은 '현세'를, 그곳에 살고 있던 마을 사람들은 '인류'를 상징합니다. 그리고 일 년이 지난 뒤 쫓겨나서 가게 된 사막과도 같은 섬은 죽은 다음에 가게 될 세상, 즉 '내세'를 말합니다. 그리고 그곳에 있던 온갖 꽃과 채소와 과일은 선행을 뜻합니다.

잔치에 초대받은 두 신하

어떤 왕이 신하들을 위해 성대한 잔치를 베풀 계획을 세웠습니다. 그러나 잔치가 열리는 시간은 알려 주지 않았습니다.

현명한 신하는 잔치에 언제든 참석할 수 있도록 모든 준비를 하고 대궐 앞에서 왕의 초대를 기다렸습니다. 그러나 어리석은 신하는 잔치가 열리려면 시간이 꽤 오래 걸릴 테니 준비할 시간이 충분하다고 생각하고 느긋하게 행동했습니다.

그러던 어느 날 대궐에서 잔치가 열렸습니다. 현명한 신하는 곧바로 참석하여 왕이 베풀어 준 맛있는 음식을 먹으며 즐겁게 보냈지만, 어리석은 신하는 잔치에 참석조차 하지 못했습니다.

☙ 인간은 하느님이 언제 부르실지 전혀 알지 못합니다. 그러므로 그분의 잔치에 초대되었을 때 당황하지 않도록 언제나 준비하고 있어야 합니다.

세상에서 가장 지혜로운 작별인사

한 사나이가 긴 여정에 지쳐 몸을 가누기도 힘들고 배고픔과 갈증으로 정신을 잃을 지경이 되었습니다.

풀 한 포기 없는 사막을 헤매던 그는 간신히 나무가 있는 곳에 이르렀습니다.

그는 나무 아래의 시원한 그늘에 앉아 물로 목을 축이고 과일로 굶주린 배를 채운 뒤 비로소 안도의 한숨을 내쉬었습니다.

그는 다시 길을 떠날 준비를 하면서, 그늘을 만들어 준 나무를 향해 감사의 말을 했습니다.

"나무야, 정말 고맙다. 그런데 이 고마움을 어떻게 표현해야 할지 모르겠다. 네 열매가 더욱 알차게 되기를 빌고 싶지만, 이미 네 열매는 이 세상 어떤 열매보다도 알차고 맛있으니 그럴 필요가 없는 것 같구나. 너의 이 시원한 그늘이 더욱 커지도록 빌고 싶지만, 이미 편안히 쉴 수 있을 만큼 넉넉하니 그 또한 필요가 없을 것 같구나. 네가 더욱 잘 자라도록 물이 더 풍부하기를 빌고 싶지만, 물도 이미 충분한 것 같구나. 내가 너를 위해 할 수 있는 것이 있다면, 그것은 네가 더 많은 열매를 맺어, 그 열매가 더 많은 나무를 뿌리내리고 또 너처럼 아름다운 나무로 성장하기를 비는 것 한 가지뿐이구나."

만약 당신이 누군가와 작별할 때 그를 위해 무엇인가를 빌어주고 싶은데, 그 사람이 이미 모든 것을 충분히 갖춘 사람이라면 당신은 어떻게 하겠습니까?

이럴 때는 다음처럼 말하는 것이 가장 지혜로운 작별인사입니다.

"당신의 자녀들이 부디 당신처럼 훌륭한 사람으로 성장하기를 빌겠습니다."

솔로몬의 재판

안식일에 유대인 세 명이 예루살렘으로 갔습니다. 그들은 가지고 있는 돈을 맡겨놓을 만한 마땅한 곳을 찾을 수가 없어서, 다 같이 돈을 한곳에 파묻어두었습니다.

그런데 며칠 뒤에 그곳으로 가보니, 숨겨놓았던 돈이 감쪽같이 사라지고 없었습니다. 그들 중 한 사람이 그 돈을 훔쳐 간 것이 분명했습니다.

그들은 이 문제를 해결하려고 솔로몬 왕을 찾아갔습니다. 그 당시 솔로몬 왕은 지혜의 왕으로 널리 알려져 있었기 때문입니다.

그들이 돈을 훔쳐 간 범인을 찾아달라고 애원하자, 솔로몬 왕이 말했습니다.

"자네들 세 사람은 아주 현명하니, 우선 내가 당면한 어려운 문제를 먼저 해결해 주게. 그러면 자네들의 문제를 내가 해결해 주지."

그렇게 말한 다음 솔로몬 왕이 자신의 문제를 이야기했습니다.

"한 처녀가 어떤 젊은이에게 시집가기로 약속했네. 얼마 후에 그 처녀는 다른 사나이와 사랑에 빠졌다며 약혼자를 찾아가 헤어지자고 말했다네. 처녀는 약혼자에게 위자료를 지급해 주겠다고 했지만, 젊은이는 위자료 같은 것은 필요 없다고 말하면서 처녀와의 약혼을 취소해 주었네. 그런데 돈이 많다고 소문난 그 처녀가 어떤 노인에게 납치당했네. 처녀는 노인에게 '나는 약혼했던 남자에게 파혼할 것을 요구했는데, 그는 위자료도 받지 않고서 나를 놓아주었습니다. 그러니 당신도 똑같은 일을 내게 해주세요.' 하고 간청했네. 그랬더니 노인은 그녀의 말대로 몸값을 받지 않고 처녀를 풀어주었네. 이들 중에서 가장 칭찬받을 만한 행위를 한 사람은 누구이겠는가 하는 것이 내 고민일세."

첫 번째 사나이가 말했습니다.

"그야, 처녀와 약혼까지 하고서 파혼을 승낙해 주고 위자료도 받지 않은 처음의 남자가 칭찬을 받아야겠지요. 그는 처녀의 의사를 무시하면서까지 결혼하려고 하지 않았을 뿐만 아니라 아무런 보상도 원하지 않았기 때문입니다."

두 번째 사나이가 말했습니다.

"저는, 용기를 내서 처음의 약혼자에게 파혼을 청한 처녀가 칭찬받아야 한다고 생각합니다. 진정으로 사랑하는 사람을 위한 처녀의 용기에 박수를 보내고 싶습니다."

세 번째 사나이가 말했습니다.

"이야기가 너무 뒤죽박죽이어서, 저는 줄거리가 무엇인지도 잘 모르겠습니다. 더욱이 노인은 돈 때문에 그 처녀를 납치했을 텐데, 돈도 받지 않고서 풀어주다니 도무지 이해할 수가 없습니다."

그러자 솔로몬 왕이 호통을 치며 말했습니다.

"이놈, 네가 돈을 훔친 도둑이구나. 다른 두 사람은 이 이야기를 듣고 곧 애정이나, 처녀와 약혼자 사이에 가로놓인 인간관계와 긴장된 분위기에 마음을 쏟는데, 너는 돈밖에 생각하고 있지 않으니 말이다. 도둑은 바로 네놈이다!"

세 번째 사나이는 솔로몬 왕의 호통을 듣고 깜짝 놀라서 자신의 잘못을 고하고 용서를 구했습니다.

누가 진짜 엄마일까?

어느 날 두 여인이 한 아기를 데리고 솔로몬 왕을 찾아가, 서로 자기의 아기라고 주장했습니다.

"이 아기는 제 아들입니다. 그런데 저 여자가 자꾸 자기 아들이라고 우깁니다."

"아닙니다, 이 아기는 제 아들입니다. 보세요, 저를 꼭 닮지 않았습니까?"

두 사람이 눈물을 흘리며 이야기하니 지혜롭다는 솔로몬 왕도 누가 진짜 아기의 엄마인지 알 수가 없었습니다.

솔로몬 왕은 잠시 생각에 잠겼습니다.

"나는 누가 진짜 엄마인지 가려낼 수 없다. 그러나 더없이 공정한 판결을 내리겠다."

그러더니 자리에서 일어나 바닥의 한가운데에 선을 긋게 했습니다.

"자, 아기를 이 선 위에 눕히거라. 그리고 그대들은 양쪽에서 아기의 팔을 잡아당겨라. 그리하여 아기를 차지하는 사람이 엄마가 되는 것이다."

두 여인은 선 위에 아기를 눕히고서 각각 아기의 팔을 잡았습니다.

솔로몬 왕이 신호를 보내자, 한 여인은 사정없이 아기의 팔을 당기기 시작했습니다. 그러나 다른 한 여인은 힘없이 아기의 팔을 잡은 채 울면서 끌려가고 있었습니다.

"그만 멈추어라!"

솔로몬 왕이 명령했습니다.

솔로몬 왕은 울면서 끌려가던 여인에게 말했습니다.

"그대가 진짜 아기 엄마라는 것을 알았다. 아기를 데리고 돌아가라."

☞ 가짜 엄마는 아기를 차지할 욕심에 사정없이 잡아당겼지만, 진짜 엄마는 아기가 다칠까 봐 차마 잡아당기지 못하고 울면서 끌려갔습니다. 솔로몬 왕은 바로 그런 진짜 엄마의 마음을 헤아렸던 것입니다.

친아들과 무덤

　어느 부부가 아들 둘을 두고 있었습니다. 그런데 그중 하나는 다른 남자와의 불륜으로 태어난 아이였습니다. 그러나 남편은 그 사실을 까마득히 모르고 있었습니다.

　어느 날 남편은 아내가 다른 사람에게 그 사실을 얘기하는 것을 우연히 들었지만, 그 사실을 내색하지 않고 가슴에만 담아 두고 있었습니다.

　그러다가 아내가 먼저 세상을 떠나고, 그도 병석에 눕게 되었습니다. 다시는 일어날 수 없는 상황이 되자, 죽음을 예감한 그는 친아들에게만 자기 재산을 물려주겠다는 유언장을 써놓 았습니다.

　그가 죽자, 랍비는 그의 유언장에 따라 누가 그의 친아들인지 를 가려내야만 했습니다.

　랍비는 두 아들을 죽은 아버지 무덤 앞에 불러놓고 큰 막대기를 주며, 그 막대기로 무덤을 파헤쳐보라고 말했습니다.

그러자 한 아들은 망설임 없이 무덤을 파헤치려 했고, 한 아들은 '아버지 묘를 훼손하는 불경한 짓은 할 수 없다.'고 하면서 울음을 터뜨렸습니다.

그러자 랍비는 울음을 터뜨린 아들에게 말했습니다.

"네가 진짜 저 사람의 친아들이구나."

삶은 달걀

다윗 왕의 시동들이 식사를 하려고 식탁에 둘러앉았습니다. 그런데 그중 한 소년이 몹시 배가 고팠기 때문에 자기 몫의 삶은 달걀을 먼저 먹었습니다. 그 소년은 다른 아이들이 먹기 시작했을 때 자신의 접시만 비어 있는 게 부끄러워, 옆에 있는 소년에게 달걀 하나를 꾸어 달라고 했습니다.

"그러지. 여기 있는 모두가 증인이 되어 줄 테니. 대신에 조건이 있어. 내가 돌려 달라고 했을 때, 그 달걀과 그때까지 그 달걀이 내게 가져다줄 이익을 전부 합쳐서 갚겠다고 약속하겠다면 말이야."

그는 틀림없이 그렇게 하겠노라고 약속했습니다.

그 뒤, 그가 그 일을 까맣게 잊어버렸을 무렵에 달걀을 꾸어 준 소년이 꾸어 간 달걀을 갚아 달라고 했습니다. 그가 꾼 달걀은 단 하나뿐이었는데, 그 소년이 갚으라고 하는 것은 엄청나게 많았습니다. 서로의 의견이 너무나 달랐기 때문에 둘은 다윗 왕에게 갔습니다.

다윗 왕의 아들 솔로몬은 궁전 문 곁에 앉아 있다가 부친을 찾아오는 방문객이 있으면 반드시 용건을 물었습니다. 두 소년 역시 찾아오게 된 이유를 얘기해야 했습니다.

자초지종을 다 듣고 나서 솔로몬이 말했습니다.

"우리 아버님께 말해 보렴. 그리고 돌아갈 때, 어떠한 판결이 내려졌는지 내게 알려줘."

소년들은 다윗 왕 앞에서 전후 사정을 모두 이야기했습니다. 고소한 소년은 증인들의 증언을 내세우며 달걀을 꾸어 줬을 때의 조건을 말했습니다. 그에 따르면, 달걀을 꾼 자는 꾸어 준 자에게 달걀 하나가 오랫동안 만들어 낼 이익을 전부 돌려주어야 한다고 주장했습니다.

그 얘기를 듣고 난 왕은 달걀을 꾼 소년에게 빚을 모두 갚으라고 명령했습니다.

"하지만 얼마나 지불해야 될지 저는 잘 모르겠습니다."

달걀을 꾼 소년이 이렇게 말하자, 달걀을 꾸어 준 소년이 말했습니다.

"첫해엔 달걀 하나에서 병아리 한 마리가 부화되어 나옵니다. 그 병아리가 두 번째 해에는 열여덟 마리의 새끼를 치고, 세 번째 해에 가선 그 열여덟 마리가 제각각 열여덟 마리의 새끼를 칩니다. 이런 식으로 해마다 늘어나게 되지요."

그렇게 계산하니 그 숫자가 엄청났습니다.

달걀을 꾼 소년은 어찌할 바를 몰라 하며 법정을 나섰고, 궁전 문 앞에서 다시 솔로몬과 마주쳤습니다.

"그래, 판결을 어떻게 하셨느냐?"

"달걀 한 개로 인해 생길 수 있는 이익을 모두 갚아야 한다고 하셨습니다. 하지만 해마다 늘어나는 숫자가 어마어마해서 저로선 도저히 갚을 길이 없습니다."

그 말을 듣자 솔로몬이 말했습니다.

"그럼 내가 좋은 지혜를 가르쳐 주지. 너는 밭에 나가서 일을 하고 있어라. 그리고 삶은 팥을 가지고 있다가 대왕의 군대가 지나가면 병사들이 볼 수 있도록 밭에 한 줌씩 뿌리도록 해라. 그들이 뭘 하고 있느냐고 묻거든 삶은 팥을 뿌리고 있다고 대답해야 한다. 그러면 병사들이 삶은 팥을 밭에 뿌린다는 얘기는 금시초문이라고 할 거다. 그러면 너는 '삶은 달걀에서 병아리가 부화한다는 얘기는 들어 본 적이 있느냐?'고 대꾸하란 말이다."

소년은 그 충고에 따라 곧장 솔로몬이 일러준 장소로 가서 삶은 팥을 밭에 뿌리기 시작했습니다. 그러자 지나가던 병사들이 이구동성으로 물었습니다.

"대체 뭘 하고 있느냐?"

"삶은 팥을 뿌리고 있는 참입니다."

"삶은 팥에서 싹이 튼다는 얘기는 금시초문이다."

그러자 소년이 대답했습니다.

"그럼 삶은 달걀이 부화해서 병아리가 된다는 얘기는 들어 본 적이 있습니까?"

병사들이 지나갈 때마다 똑같은 문답을 되풀이하고 있는 동안 마침내 왕의 귀에까지 이 얘기가 들어갔습니다. 그러자 왕이 다시 달걀을 꾼 소년을 불러들여 물었습니다.

"누가 그런 지혜를 네게 가르쳐 줬느냐?"

"제가 생각해 낸 것입니다."

하지만 왕은 솔로몬이 귀띔해 주었으리라 단정하고 엄하게 물었습니다. 그러자 소년은 솔로몬이 일러 주었다고 솔직하게 털어놓았습니다.

왕은 아들을 불러들여 물었습니다.

"너 같으면 이 사건을 어떻게 판결하겠느냐?"

그러자 솔로몬이 대답했습니다.

"그 소년은 본디 아무것도 책임질 것이 없습니다. 뜨거운 물에 삶아진 달걀은 결코 병아리가 될 수 없는 법이니까 말입니다."

소년은 삶은 달걀 하나를 갚아 주는 것으로 사건을 결말지었습니다.

소년 재판관

사울 왕이 나라를 다스리고 있을 무렵, 이스라엘의 시골에 한 노인이 살고 있었습니다. 그에게는 젊고 아름다운 아내가 있었는데, 이 지방의 대관이 전부터 미모의 이 여인에게 눈독을 들이고 있었습니다. 그러다가 마침내 노인이 세상을 뜨자 강제로 첩으로 삼으려 했습니다. 여인은 그를 따를 의사가 추호도 없었습니다. 하지만 상대방이 나는 새도 떨어뜨릴 만한 권력자인지라 할 수 없이 도망쳐야겠다고 결심했습니다.

그녀는 가지고 있던 돈을 몇 개의 단지에 나눠 담고, 그 위에다 벌꿀을 부었습니다. 그리고 증인이 보는 앞에서 그 단지들을 고인의 가까운 친구에게 맡긴 다음 그 지방을 떠났습니다.

그런데 단지를 맡아 뒀던 남편 친구가 아들의 결혼식 때문에 벌꿀이 필요해졌습니다. 그는 맡아 가지고 있던 벌꿀 단지가 생각나서 지하실로 내려가 단지 뚜껑을 열었습니다. 그런데 벌꿀을 조금 떠내고 보니 아래쪽에서 금화가 반짝이는 게 아니겠습니까. 다른 단지도 모두 마찬가지였습니다. 죽은 남편의 친구는 금화를 몽땅 꺼내고서, 다음 날 벌꿀을 사들여 도로 단지를 채워 놓았습니다.

세월이 흘러 마침내 대관이 죽자 여인은 고향으로 되돌아왔습니다. 그리고는 남편 친구를 찾아가 단지를 되돌려달라고 하자, 그가 말했습니다.

"내가 단지를 맡을 때 입회했던 증인을 데리고 오면, 그가 보는 앞에서 단지를 되돌려주겠소."

여인이 증인을 데리고 오자, 죽은 남편의 친구가 증인 앞에서 단지를 되돌려주었습니다. 그러나 집에 돌아와서 열어 보니 단지에는 벌꿀밖에 들어 있지 않았습니다.

여인은 너무도 분해서 밤새도록 울부짖었습니다. 그러다가 고심 끝에 마을의 재판관을 찾아갔습니다.

재판관이 여인에게 물었습니다.

"죽은 남편 친구에게 돈을 맡겼다는 사실을 아는 증인이 있는가?"

"단지에 돈이 들어 있었다는 것은 아무도 모릅니다."

"그럼 나로서는 도저히 처리할 수 없다. 사울 왕한테 가보는 게 좋겠다. 그분이라면 힘이 되어 주실지 모르니까."

그래서 여인이 왕한테 갔는데, 왕은 상급 재판소로 가라고 명령했습니다.

상급 재판관은 그 단지에 돈이 들어 있었다는 걸 증언할 수 있는 자가 있는지 물었습니다.

"그 얘기는 아무에게도 하지 않았습니다."

여인이 대답하자 재판관이 말했습니다.

"우리는 증인이 있어야 재판을 할 수 있다. 그대 외에 아무도 모르고 있는 일을 무작정 사실로 받아들일 수는 없다."

낙담한 여인은 그 자리에서 물러나 터덜터덜 걸었습니다. 그런데 그렇게 걷는 중에 뒷날 왕이 된 다윗을 만났습니다. 당시 목동이었던 다윗은 다른 아이들과 같이 뛰어놀고 있었는데, 여인은 아이들에게라도 자신의 억울함을 호소하고 싶은 심정이 되어 말했습니다.

"나를 속인 남자를 고소했는데 받아들여지지 않는구나. 제발 내 얘기를 듣고 어느 쪽이 옳고 그른 지 판단해 보렴."

그러자 다윗이 말했습니다.

"왕께 가서 내가 재판을 해도 좋을지 허락을 받아 오십시오. 그럼 내가 판결을 해 드리겠어요."

여인은 또다시 왕에게로 갔습니다.

"폐하, 저는 길에서 한 목동을 만났습니다. 그가 이 사건을 재판할 수 있다고 합니다."

왕은 그 소년을 데려오라고 명했습니다.

여인이 그를 데리고 나타나자, 왕이 말했습니다.

"네가 증인 없이도 진실을 밝힐 수 있다고 장담했다던데, 그게 사실이냐?"

"허락해 주신다면 최선을 다해 보겠습니다."

"그렇다면 허락하노라!"

그러자 여인은 단지를 모두 가져와 다윗에게 건네주었습니다.

소년 재판관이 심문을 시작했습니다.

"이 단지들이 남편 친구분에게 맡겨놓았던 물건이 틀림없습니까?"

"틀림없습니다."

다음엔 고소당한 남자를 향해서, 지하실에 들여놓았던 단지가 틀림없느냐고 물었습니다.

"틀림없습니다."

남편 친구가 대답하자, 다윗은 단지 안의 내용물을 모두 비워달라고 지시했습니다. 그리고 나서 모두가 지켜보고 있는 가운데 텅 빈 단지를 연달아서 두들겨 깬 후 파편을 조사하기 시작했습니다. 뜻밖에도 금화 두 닢이 단지 조각들 가운데서 발견되었습니다. 벌꿀 때문에 단지 안쪽에 딱 달라붙어 있었던 것입니다.

다윗은 여인을 속인 남자를 향해 이렇게 말했습니다.

"당신은 맡아두었던 돈을 이 부인에게 전부 되돌려줘야 합니다."

재판받은 닭

어느 마을에 아주 사나운 닭 한 마리가 있었습니다. 어찌나 사나운지 동네 밭을 모두 짓밟아 놓거나, 심지어 남의 집 부엌에 들어가 닥치는 대로 쪼아대기 일쑤였습니다.

그러던 어느 날, 이 닭이 그만 큰 사고를 저지르고 말았습니다. 사나운 닭이 남의 채소밭에 들어가 채소를 마구 먹어 치우고 있을 때, 이웃집에서 갓난아기가 갑자기 큰 소리로 울어대기 시작했습니다. 닭은 조용히 하라는 뜻으로, "꼬꼬댁 꼬꼬!" 하고 힘껏 소리를 질렀습니다.

그러나 이 소리를 알아들을 리 없는 아기는 울음을 그치지 않았습니다. 화가 머리끝까지 치민 닭이 아기가 잠든 방으로 뛰어 들어갔습니다. 그리고는 아기의 머리를 사정없이 쪼아댔습니다. 어찌나 사납게 쪼아댔던지 마구 울어대던 아기는 피를 흘리다가 그만 죽고 말았습니다.

아기의 비명 소리에 놀라 마을 사람들이 달려왔습니다. 끔찍한 광경을 본 마을 사람들은 닭을 붙잡아 꽁꽁 묶었습니다. 사람들은 당장 닭을 불살라 버리거나, 아니면 목을 잘라 죽여야 한다고 아우성쳤습니다.

그런데 마을의 한 노인이 나서서 이들을 말렸습니다.

"이러면 안 되네. 닭이 아무리 용서받지 못할 짓을 저질렀다고 해도 먼저 재판을 받게 한 다음 판결대로 처리해야 하네."

마을 사람들은 마음 같아서는 당장 닭을 죽이고 싶었지만, 노인의 말을 받아들여 마을의 재판관에게 닭을 끌고 갔습니다.

재판관은 마을 사람들의 이야기를 모두 들은 후 다시 사람들에게 물었습니다. 닭에게 좋은 점은 없는지, 그동안 착한 일을 한 적은 없었는지 조사했습니다. 그리고 닭이 확실히 아기를 죽였는지도 여러 번 확인한 뒤에야 닭에게 사형의 벌을 내렸습니다.

그제야 마을 사람들은 닭을 사형에 처했습니다.

☞ 아무리 하찮은 짐승이라도, 벌을 내릴 때는 억울한 일이 없도록 잘 처리해야 한다는 것을 깨우쳐주는 일화입니다.

슬기로운 행동 세 가지

예루살렘에 사는 사람이 여행 도중에 병에 걸렸습니다.

그는 자신이 살아날 가망이 없다고 판단하고는 여관 주인을 불러 이렇게 당부했습니다.

"나는 아무래도 죽을 것 같으니 내가 죽은 후에 예루살렘에서 내 아들이 찾아오면 내 소지품을 전해주기 바랍니다. 그러나 그가 슬기로운 행동 세 가지를 하기 전에는, 결코 내 소지품을 전해주어서는 안 됩니다. 내가 여행길에 나서기 전에, 만약 내가 여행 중에 죽게 됐을 때 내 유산을 상속받기 위해서는 세 가지 슬기로운 행동을 하지 않으면 안 된다고 내 아들에게 말해 두었거든요."

결국 그 여행자는 죽고, 유대의 전통에 따라 장례식이 치러졌습니다.

그리고 마을 사람들에게 그의 죽음이 알려졌으며, 예루살렘에도 전갈이 보내졌습니다.

아들은 예루살렘에서 아버지의 죽음을 전해 듣고, 아버지가 죽었다는 마을 근처까지 오게 되었습니다. 그러나 그는 아버지가 죽은 여관을 찾을 수가 없었습니다. 그것은 그의 아버지가 죽으면서 아들에게 자신이 머물렀던 여관을 가르쳐 주지 말라고 유언했기 때문이었습니다.

결국 아들은 혼자서 그 집을 찾지 않으면 안 되었습니다. 그때 마침 나무꾼이 나무를 잔뜩 지고 아들 앞으로 지나가고 있었습니다.

아들은 그를 불러세워 나무를 산 뒤, 예루살렘에서 온 나그네가 죽은 여관에 갖다주도록 이르고 나무꾼의 뒤를 따라갔습니다.

나무꾼이 나무를 지고 오자 여관 주인이 말했습니다.

"나는 나무를 산다고 한 일이 없소."

그러자 나무꾼이 대답했습니다.

"지금 내 뒤를 따라오는 사람이 나무를 사고는, 이 집에 갖다주라고 했습니다."

이것이 아들의 첫 번째 슬기로운 행동이었습니다.

여관 주인은 기쁘게 그를 맞아들이고 저녁 식사를 준비했습니다. 식탁에는 다섯 마리의 비둘기와 한 마리의 닭이 요리로 나왔습니다. 그리고 집주인과 그의 아내 그리고 두 아들과 두 딸까지 일곱 명이 식탁에 앉았습니다.

"자, 이 음식을 모두에게 나누어 주십시오,"

여관 주인이 이렇게 말하자, 그가 대답했습니다.

"아닙니다. 당신이 주인이시니 당신이 나눠 주시는 게 좋을 것 같습니다."

그러자 주인도 물러서지 않았습니다.

"아닙니다. 당신이 손님이니까 당신 좋을 대로 나눠 주십시오."

아들은 하는 수 없이 음식을 나누기 시작했습니다.

먼저 한 마리의 비둘기를 두 아들에게 나눠 주었습니다. 그리고 또 한 마리의 비둘기는 두 딸에게, 또 한 마리의 비둘기는 주인 부부에게 준 다음 나머지 두 마리의 비둘기를 자기 몫으로 차지했습니다.

이것이 아들의 두 번째 슬기로운 행동이었습니다.

여관 주인은 이를 보고 매우 언짢은 표정이었으나 아무 말도 하지 않았습니다.

다음으로 그는 닭을 나누기 시작했습니다.

먼저 머리를 주인 부부에게 주고, 두 아들에게는 다리를 주었습니다. 그런 다음 두 딸에게는 날개를 주고, 나머지 몸통을 자신이 차지했습니다.

이것은 아들이 세 번째로 행한 슬기로운 행동이었습니다.

그러나 여관 주인은 더 이상 못 참겠다는 듯이 화를 버럭 내며 소리쳤습니다.

"당신이 사는 곳에서는 이렇게 합니까? 당신이 비둘기를 나눠 주었을 때만 해도 잠자코 있었지만, 닭을 나누는 걸 보고 있으려니 울화가 치밀어 견딜 수가 없소! 도대체 이게 무슨 짓이오?"

그러자 아들이 다음과 같이 침착하게 말했습니다.

"저는 음식 나누는 일을 맡고 싶지 않았습니다. 그래도 당신이 간청하시므로 최선을 다해 나눈 것입니다. 당신과 부인 그리고 한 마리의 비둘기를 합치면 셋이고, 두 아들과 한 마리의 비둘기를 합치면 셋, 딸 둘과 한 마리의 비둘기를 합치면 셋, 거기에 두 마리의 비둘기와 저를 합치면 셋이 됩니다. 이것은 매우 공평합니다.

또 주인 내외분은 이 집의 가장이시니 닭의 머리를 드렸고, 당신의 두 아들은 이 집의 기둥이므로 다리를 주었습니다. 딸들에게 날개를 준 것은, 머잖아 날개를 달고 좋은 가문으로 시집을 가기 때문입니다. 그리고 저는 배를 타고 여기에 왔다 다시 돌아가야 하기에 배와 비슷한 몸통을 차지한 것입니다. 이제 제 아버지의 유산을 주십시오!"

여관 주인은 아들의 슬기로움을 그제야 알았다는 듯 고개를 끄덕거렸습니다.

유대의 신(神)

세계 여러 나라에서 모인 사람들이 한배를 타고 순항 중이었습니다. 그러던 중 바다 한가운데서 갑자기 거세게 휘몰아치는 폭풍우를 만났고, 이리저리 흔들리는 배 안에서 사람들은 자신들의 목숨이 위태로울 수도 있다는 것을 직감했습니다.

그러자 모두 일제히 자신들의 신에게 매달리며 살려 달라고, 이 상황을 안전하게 빠져나갈 수 있도록 도와 달라고 간절하게 기도하기 시작했습니다.

하지만 폭풍우는 잠잠해질 기미를 보이지 않았습니다. 여전히 거세고 위협적이었습니다.

그렇게 모두가 간절히 기도하고 있었지만, 그중에는 기도하지 않고 태평하게 앉아 있는 유대인이 있었습니다. 이를 본 사람들은 저마다 한마디씩 던졌습니다.

"왜 당신은 가만히 있는단 말이오? 다 같이 힘을 보태 이 위험한 상황에서 빠져나가야 하지 않겠소? 당신도 어서 기도를 드리시오!"

이 말을 들은 유대인이 조용히 기도하기 시작했습니다.

그리고 얼마 지나지 않아 배를 뒤집어 삼킬 듯 휘몰아치던 폭풍이 조금씩 가라앉았고, 마침내 바다는 다시 평온한 상태를 되찾았습니다. 그 덕분에 배는 무사히 항구에 정착했습니다.

이를 신기하게 생각한 많은 사람이 유대인 옆으로 몰려들었습니다.

"아니, 우리가 그렇게 간절히 기도드릴 때는 아무 변화가 없던 바다가 왜 당신이 기도하니 잠잠해진 거요? 이게 도대체 무슨 영문이란 말이오?"

그러자 유대인이 말했습니다.

"글쎄요, 나도 뭐라고 설명할 수 없군요. 다만 추측해 보자면 이렇소. 여러분들은 제각기 여러분들이 사는 지역의 신에게 기도했습니다. 바빌로니아 사람은 바빌로니아 신에게 기도하고, 로마 사람은 로마 신에게 기도했습니다. 하지만 나는 온 우주를 관장하는 유대의 신에게 기도를 드렸습니다. 그렇다면 어느 나라에도 속해 있지 않은 바다 위에서 하는 기도에 응답하실 분은 유대의 신이지 않겠습니까. 그래서 나는 나의 신이 기도를 듣고서 우리가 무사히 항구에 도착하게끔 해 주셨다고 믿습니다."

더 나은 보석

스페인의 돈 페드로 왕의 고문으로 있던 발렌샤 니콜라우스
는 자기 지위를 이용하여 왕을 꾀어서 유대인을 탄압하려 했습
니다. 그러자 왕은 에프라임 산초라는 랍비를 불러 물었습니다.

"우리 것과 그대들 것을 비교하면 어느 쪽 신앙이 좋다고
생각하는가?"

랍비가 대답했습니다.

"저희 입장으로는 저희네 쪽이 좋은 신앙입니다. 저희가 이집
트의 노예가 되어 있을 때, 하느님이 저희를 그곳에서 탈출시키
고 인도해 주셨기 때문입니다. 하지만 폐하의 입장에서는 폐하
의 신앙 쪽이 더 좋을 것입니다. 그것은 폐하에게 지상의 권력을
약속해 주고 있기 때문입니다."

그러자 왕이 말했습니다.

"내가 묻는 바는 신앙 그 자체이지, 신앙이 신자에게 무엇을

부여하느냐 하는 문제가 아니다."

"허용해 주신다면 사흘 동안 깊이 연구해 보고 나서 제 의견을 말씀드릴까 합니다."

그 말에 왕이 승낙했습니다.

사흘 후, 다시 왕 앞에 나타난 랍비의 얼굴에 어두운 그늘이 깊게 드리워져 있었습니다. 그것을 본 왕이 물었습니다.

"표정이 왜 그처럼 어두운 거냐?"

"저는 오늘 부질없는 중상모략을 당했습니다. 폐하께서 판결을 내려 주시기 바랍니다. 다름이 아니라 한 달 전의 바로 오늘, 제 이웃 사람이 먼 곳으로 여행을 떠났습니다. 그에겐 아들이 둘 있었는데 서로 사이좋게 지내라고 보석을 두 개 두고 갔지요. 그 형제는 저를 찾아와서 이 보석이 무엇인지, 어떻게 다른지 말해 달라고 부탁했습니다. 그래서 저는 '그건 아버님께 여쭤 봐라. 너희 아버님은 위대한 예술가이며 보석에 관해서도 전문가이시니 필시 올바른 판정을 내려 주실 것이다.'라고 대답했습니다. 그런데 이러한 조언을 했다고, 두 형제는 제게 마구 주먹다짐을 하며 차마 듣지 못할 악담까지 퍼부었습니다."

그 얘기를 듣고 난 왕이 말했습니다.

"그들에게 그대를 모욕할 권리는 전혀 없다. 그들이야말로 벌을 받아 마땅하지."

랍비가 다시 말을 이었습니다.

"폐하께서 방금 말씀하신 것을, 폐하의 귀가 분명히 들으셨을 줄 믿습니다. 여기서 사흘 전 얘기로 되돌아가 보겠습니다.

그때 폐하께선 어느 쪽 신앙이 더 좋으냐고 물으셨는데, 하늘에 계시는 아버지에게 사자를 보내시면 그 신앙이 어떻게 다른지에 대해 대답이 있을 줄 믿습니다."

이 말을 들은 왕이 자기의 고문 쪽을 힐끗 돌아보며 말했습니다.

"알았는가, 니콜라우스? 유대인의 이 현명함을 말이야. 이 사람은 존경할 만한 가치가 있지만, 그에 반해 그대는 벌을 받아야 마땅하다. 그릇된 중상모략을 일삼았기 때문이지."

공평한 품삯

어떤 임금이 아주 커다란 포도 농장을 갖고 있었고, 많은 사람이 그곳에서 일하면서 생활했습니다.

그곳에서 일하는 사람 중 한 젊은이는 누가 보아도 유능하고 비범했습니다.

어느 날 임금이 포도 농장을 방문했습니다. 임금은 뛰어난 능력을 지닌 젊은이를 단박에 알아봤습니다.

임금은 그 젊은이와 함께 농장 안을 거닐며 대화를 나누었습니다. 그 바람에 그 젊은이는 일을 두 시간밖에 하지 못했습니다.

농장에서 일하는 사람들은 유대 전통에 따라 품삯을 일당으로 받고 있었습니다. 그날도 하루 일이 끝나자, 사람들은 품삯을 받기 위해 차례로 길게 줄을 섰습니다.

그날도 모든 사람에게 똑같은 품삯이 지급되었습니다. 일을 두 시간밖에 하지 않은 젊은이에게도 똑같은 돈이 지급되자, 다른 사람들이 불평을 늘어놓기 시작했습니다.

"그 사람은 일을 두 시간밖에 하지 않았습니다. 그리고 그 뒤엔 임금님 주변에서 빈둥거렸을 뿐인데, 우리와 같은 품삯을 받는 것은 공평하지 못한 일입니다."

일꾼들이 웅성거리자, 이 소리를 들은 임금이 이렇게 말했습니다.

"이 사람은 다른 사람들이 하루 동안 한 일보다 더 많은 양의 일을 두 시간에 했다. 그러니 더 후한 상을 내려도 아깝지 않다!"

☙ 다른 사람들이 100년 걸려도 못다 할 일을 28세에 죽은 랍비가 해놓은 예도 있습니다.

문제는 몇 년을 살았느냐 하는 것이 아니고 얼마나 더 많은 업적을 남겼느냐 하는 것입니다.

세 친구

어느 날, 한 남자가 궁전으로 당장 들어오라는 왕의 부름을 받았습니다.

그는 왕의 부름을 받자, 자기가 무슨 잘못을 저질렀는가 싶어 덜컥 겁이 났습니다.

혼자서 왕 앞에 나갈 용기가 나지 않은 남자는 자신의 친구들을 찾아가 도움을 청해야겠다고 생각했습니다.

그 남자에겐 세 명의 친구가 있었습니다.

첫 번째 친구는 서로가 세상에 둘도 없을 만큼 특별하고 소중하게 여기며 마음속 깊이 신뢰하는 관계입니다. 두 번째 친구는 첫째 친구만큼 친하지는 않았지만 역시 아끼는 사이였습니다. 세 번째 친구는 서로가 친구라고 생각은 했지만 세심하게 관심을 두는 편은 아니었습니다.

먼저 가장 친하게 지내며 소중하게 여기는 첫 번째 친구에게 부탁했습니다. 그런데 이 친구는 이유도 설명하지 않고 "나는 가기 싫어." 하며 일언지하에 거절했습니다.

무조건 싫다고 하는 친구에게 더 이상 부탁하는 것도 민망해서, 이번에는 두 번째 친구를 찾아갔습니다. 그런데 그 친구는 흔쾌히 그렇게 하겠다고 했지만, "궁전 문 앞까지만 같이 가줄게. 그 이상은 안 돼." 하고 잘라 말했습니다. 자기도 궁전 안으로 들어가기는 싫다는 것이었습니다.

그래서 세 번째 친구에게 부탁할 수밖에 없었습니다. 그는 예상외로 망설이지도 않고 따라나서면서 용기를 북돋아 주었습니다.

"좋아, 같이 가줄게. 너는 어떤 나쁜 일도 저지른 적이 없으니 두려워할 필요 없어. 내가 같이 가서 왕에게 그런 사실을 말해 주지."

첫 번째 친구는 제아무리 소중히 여기고 사랑한다고 할지라도 죽을 때는 고스란히 남겨두고 가야 하는 '재산'입니다.

두 번째 친구는 화장터나 무덤까지는 따라와 주지만 그곳에다 그를 두고 돌아가는 '혈육'을 뜻합니다.

세 번째 친구는 평소에는 그다지 눈에 띄지 않지만, 그가 죽은 뒤에도 줄곧 동행해 주는 '선행'을 말합니다. 이 친구는 '정신, 사상, 영혼, 세계'라고도 할 수 있습니다.

아버지의 유서

예루살렘에서 멀리 떨어진 지역에 현명한 아버지가 살고 있었습니다. 그는 아들을 예루살렘에 있는 학교에 보내 공부시켰습니다.

그러던 중 아버지가 갑자기 중병을 얻었습니다. 증세가 점점 심각해지자, 그는 다시는 아들을 보지 못할 것을 예감하고 다음과 같은 유서를 남겼습니다.

'나의 모든 재산은 우리 집 하인에게 물려주도록 한다. 내 아들에게는 하인을 포함한 모든 재산 중에서 단 한 가지만을 가질 수 있는 권한을 부여한다.'

유서의 내용을 알게 된 하인은 주인의 모든 재산을 물려받는다는 사실에 무척 기뻐했습니다. 그래서 주인이 세상을 뜨자마자 주인의 아들에게 부리나케 달려갔습니다.

하인이 주인의 부음을 알리며 유서를 보여주자, 아들은 아버지의 갑작스러운 사망 소식에 말할 수 없는 슬픔을 느꼈습니다. 그러면서 아버지가 남긴 이상한 유서의 내용에 적잖은 충격을 받았습니다.

아버지의 장례식이 끝나자, 아들은 앞으로의 일에 대해 조언을 구하려고 랍비를 찾아갔습니다.

"왜 아버지께서는 저에게 한 푼의 재산도 물려주지 않으신 걸까요? 저는 단 한 번도 아버지의 말씀을 어기거나 아버지의 기대에 어긋나는 행동을 한 적이 없었는데……."

아들이 죽은 아버지에 대해 원망 섞인 말을 늘어놓자, 곰곰이 생각에 잠겨 있던 랍비가 말했습니다.

"아버님께서는 아드님을 진정으로 사랑하셨군요. 유서의 내용을 자세히 들여다보면 참으로 현명하신 분이라는 것을 알 수 있습니다."

하지만 아들은 랍비의 말이 무슨 뜻인지 도통 이해할 수가 없었습니다.

"모든 재산이 하인에게 상속되었고, 저에게 남은 것은 아무것도 없습니다. 아버지께서 저를 진심으로 사랑하고 아끼셨다면 어떻게 이러실 수가 있단 말입니까."

그러자 랍비가 안타깝다는 듯이 말했습니다.

"아버님처럼 지혜로워지셔야 합니다. 아버님께서는 아드님께 아주 값진 유산을 남기셨는데 진정 모르시겠습니까?"

랍비는 유서에 담긴 뜻을 설명했습니다.

"아버님이 운명하실 때 당신은 집에 안 계셨습니다. 그래서 아버님은 당신이 없는 틈을 타 하인이 재산을 가지고 사라지거나 탕진해 버리지는 않을까 걱정하셨겠지요. 심지어는 하인이 자신이 죽었다는 사실조차도 아드님께 전하지 않을까 싶어 염려하셨을 거예요. 아버님은 이러한 일들을 막기 위해 유서를 그렇게 작성하셨던 겁니다. 유서대로 하면 모든 재산을 물려받게 된 하인이 기뻐하면서 곧바로 당신에게 달려가 그 소식을 알릴 테고, 집안의 재산도 보존하리라 믿으신 게지요."

"그것이 무슨 의미가 있습니까? 이미 모든 재산은 하인의 차지가 되지 않았습니까?"

아들이 여전히 유서의 본뜻을 파악하지 못하자, 랍비가 껄껄 웃고 나서 말을 이어나갔습니다.

"아버님의 지혜를 따라가려면 아직 먼 듯합니다. 아드님은 아버님의 유산 중에서 하나를 가질 수 있는 권한이 있습니다. 하인의 모든 재산은 주인 것이고, 하인도 아버님의 유산 중 하나입니다. 당신이 하인을 고르면, 모든 유산은 결국 당신 것이 됩니다. 이래도 아버님이 당신을 사랑하지 않으셨다고 할 수 있을까요. 아버님의 지혜가 참으로 놀랍지 않습니까?"

그때야 아버지의 참뜻을 깨달은 아들은 하인을 유산으로 선택하여 집안의 모든 유산을 고스란히 물려받고, 하인은 해방시켜 주었습니다.

아버지의 현명함에 감탄한 아들은 아버지께 진심으로 감사하면서 '나이 많은 사람의 지혜를 본받아야 한다.'는 말을 마음에 새기고 살았습니다.

되찾은 돈주머니

물건을 사기 위해 많은 돈을 가지고 길을 떠난 장사꾼이 있었습니다. 저녁 어스름이 깔릴 때쯤 한 도시에 도착한 장사꾼은 물건을 사기에도 시간이 너무 늦은 데다, 며칠 있으면 물건값이 많이 떨어질 거라는 이야기를 우연히 들었습니다. 그래서 그는 그때까지 기다렸다가 물건을 사기로 마음먹고 근처 여관에서 묵기로 했습니다.

장사꾼은 수중에 많은 돈을 가지고 있는 것이 불안하여 여관에 들어가기 전에 사람들의 눈에 띄지 않는 곳에 몰래 파묻어두어야겠다고 생각했습니다.

장사꾼은 그 길로 적당한 장소를 찾아다녔습니다. 마침 멀지 않은 들판 한가운데에 커다란 나무가 서 있는 것이 눈에 들어왔습니다.

'옳거니! 저곳이 좋겠군.'

장사꾼은 주변을 살펴본 다음 가지고 있는 돈을 전부 커다란 나무 밑에 파묻었습니다.

이튿날이 되었습니다. 장사꾼은 아침 일찍 여관을 나와, 전날 돈을 파묻어놓았던 곳으로 가서 나무 밑을 팠습니다. 그런데 묻어놓은 돈이 감쪽같이 사라지고 없는 것이었습니다. 돈을 묻는 모습을 본 사람이 아무도 없었는데 몰래 숨겨놓은 돈이 어떻게 사라졌는지 이유를 알 수 없었습니다.

장사꾼이 주변을 살펴보니, 돈을 묻어놓았던 들판에서 그리 멀지 않은 곳에 집이 한 채 있었습니다. 그가 그 집에 가까이 다가가서 살펴보니, 그 집의 벽에 작은 구멍이 하나 뚫려 있었습니다. 그 집에 사는 사람이 구멍을 통해 그의 행동을 유심히 살펴보고 있다가, 그가 떠난 후에 훔쳐 간 것이 틀림없다고 생각되었습니다.

장사꾼은 어떻게 하는 것이 좋을까 고민하다가 그 집으로 가서 주인을 찾았습니다. 주인은 노인이었습니다.

장사꾼은 노인에게 공손히 말했습니다.

"어르신이 저보다 세상 물정을 더 잘 아실 거라 생각되어 상의드리려고 왔습니다. 제게 조언을 부탁드립니다."

노인이 뻔뻔한 표정으로 물었습니다.

"무슨 일이시오?"

장사꾼이 대답했습니다.

"저는 물건을 사려고 지방에서 이 도시에 왔습니다. 저는 은화 500개가 든 돈주머니와 800개가 든 돈주머니를 가지고 있었는데, 그중 작은 돈주머니를 저만 아는 곳에 묻어놓았습니다. 그런데 나머지 큰 돈주머니를 어떻게 해야 할지 몰라 걱정입니다. 이것도 몰래 묻어놓는 것이 좋을지, 아니면 누군가 믿을 만한 사람에게 맡겨두는 것이 좋을지를 모르겠습니다."

그러자 노인이 대답했습니다.

"이 도시에서 믿을 만한 사람을 어떻게 찾을 수 있겠소. 그러니 작은 돈주머니를 숨겨둔 곳에 큰 돈주머니도 숨겨두는 것이 나을 것 같소."

욕심 많은 노인은 장사꾼이 돌아간 후, 훔쳐 온 돈주머니를 재빠르게 원래 있던 자리로 가져가 묻어놓았습니다.

장사꾼은 숨어서 노인의 행동을 지켜보고 있다가, 그가 돌아가자마자 땅을 파서 돈주머니를 되찾았습니다.

돈을 되찾은 장사꾼은 다른 도시로 가려고 길을 떠났습니다.

☙ 집주인은 장사꾼이 나무 밑에 숨겨놓은 돈주머니를 훔친 것도 모자라 더 많은 돈을 가지려 했습니다. 하지만 지나친 욕심은 언제나 화를 부르기 마련입니다.

황제와 랍비의 무언극

로마 황제와 이스라엘에서 가장 위대한 랍비가 친하게 지냈습니다. 마침 생일도 같았기 때문에 더욱 가까워진 그들은 두 나라 정부의 관계가 별로 좋지 않을 때도 돈독한 관계를 유지했습니다.

하지만 두 나라의 관계를 고려한다면 두 사람의 두터운 친분이 별로 좋은 일은 아니었기에 조심스러워했습니다.

황제는 랍비의 조언을 구하고 싶을 때마다 직접 조언을 구하지 않고 사람을 통해 랍비의 의견을 묻곤 했습니다.

어느 날 황제는 랍비에게 신하를 보내, 편지를 전하도록 했습니다.

'나는 성취하고 싶은 것이 두 가지 있소. 하나는 내가 죽은 뒤 내 아들이 나의 뒤를 잇는 것이오. 나머지는 이스라엘의 도시 티베리아스를 자유 관세 도시로 만드는 것인데, 사실 나는 이

중 한 가지밖에 성취할 자신이 없소. 혹시 이 두 가지 모두를 성취할 방도는 없겠소?'

당시 두 나라의 관계는 좀처럼 좋아질 기미가 보이지 않았기에 황제가 랍비의 조언을 구했다는 소문이 퍼지면 황제에게 악영향을 끼칠 것이 뻔했습니다.

그래서 랍비는 황제에게 답신을 보내지 않았습니다.

신하가 돌아오는 모습을 보고 황제가 급히 물었습니다.

"랍비가 뭐라고 답하였느냐?"

신하가 대답했습니다.

"랍비는 편지를 읽어 본 다음, 자기 아들을 어깨 위에 올려놓더니 비둘기를 아들에게 주어 하늘로 날려 보내게 했습니다. 그러고는 아무런 말이 없었습니다."

황제는 랍비가 말하고 싶었던 뜻을 알아챘습니다.

'우선 왕위를 아들에게 물려주고, 그 아들이 관세를 자유화하도록 하면 됩니다.'

얼마 후 황제의 신하가 또다시 랍비를 찾아가 편지를 전했습니다.

'우리 정부의 관리들이 내 마음을 괴롭히고 있소. 어떻게 하면 좋겠소?'

이번에도 랍비는 행동으로 답을 대신했습니다.

랍비는 밭으로 나가더니 채소 한 포기를 뽑아 들고 집 안으로 들어왔습니다. 그러고는 연이어서 밖으로 나가 채소를 뽑아 가지고 들어오는 것을 반복했습니다.

신하에게 랍비의 행동을 전해 들은 황제는 랍비가 하고자 하는 말의 뜻을 알아차렸습니다.

'당신의 적들을 한꺼번에 멸망시키려 하지 마시오. 몇 번에 나누어 한 사람 한 사람 뿌리 뽑으시오.'

☞ 굳이 말하지 않아도, 표정만으로 모든 것을 알 수 있는 '이심전심'의 친구가 있는 사람은 행복합니다.

시집가는 딸에게 하는 현명한 어머니의 당부

나의 사랑하는 딸에게.

만약 네가 남편을 왕처럼 존경한다면, 네 남편도 너를 여왕처럼 모실 것이다.

하지만 너의 행동거지가 집안의 하녀 같다면, 네 남편도 너를 하녀처럼 취급할 것이다.

만약 네가 지나치게 자신의 주장을 내세우며 남편의 말을 따르지 않는다면, 남편은 완력을 써서라도 너를 굴복시킬 것이다.

네 남편이 자기 친구를 만나러 나간다면, 반드시 몸을 깨끗이 하고 단정한 옷매무새로 나가도록 도와주어라.

그리고 네 남편의 친구가 집에 찾아오면, 정성을 다해서 극진히 대접해주어라.

그렇게 하면 네 남편은 고마워하며 너를 아주 소중하게 여길 것이다.

너는 항상 가정을 위해 마음을 쓰고, 특히 남편의 소지품을 소중하게 다루어라.

그러면 남편은 기쁜 마음으로 네 머리 위에 왕관을 씌워줄 것이다.

가정의 평화를 위해서라면

　강연을 잘하기로 소문난 랍비가 있었습니다. 금요일에 열리는 그의 강연에는 많은 사람이 찾아왔으며, 그의 강연을 듣고 감동받는 사람들이 적지 않았습니다.

　그의 단골 청중 중에는 여자도 한 명 있었습니다. 여자들은 대부분 금요일 밤이 되면, 집 안에서 안식일에 쓸 요리를 만드느라 바쁜 편이었습니다. 하지만 그녀는 랍비의 강연에 참석하는 것을 더 좋아했습니다.

　어느 날 랍비의 강연이 좀 늦게 끝나는 바람에 그녀의 귀가가 늦어졌습니다. 그러자 기다리고 있던 남편이 문 앞에서 화를 냈습니다.

　"내일이 안식일인데, 음식을 만들어 놓을 생각은 하지 않고 이렇게 늦게까지 어디를 갔다 오는 거요?"

　예상치 못했던 일에 그녀는 놀라기도 하고 당황스럽기도 하여 기어들어 가는 소리로 말했습니다.

"교회에서 랍비님의 설교를 듣고 오는 길이에요."

그녀의 말에 남편은 길길이 날뛰며 화를 냈습니다.

"랍비는 무슨 얼어 죽을 랍비야! 집안 살림도 제대로 못 하는 주제에! 가서 랍비의 얼굴에 침이나 뱉고 와. 그러기 전까지는 집에 돌아오지 마!"

그녀는 결국 집에 들어가지 못하고, 친구의 집에 머물게 되었습니다.

이 소식을 들은 랍비는 자신으로 인해 한 가정의 평화가 깨졌다는 것이 몹시 마음에 걸렸습니다.

랍비는 눈병이 났다는 핑계로 그녀를 부른 다음, 이렇게 부탁했습니다.

"다른 사람의 침으로 씻으면 이 병이 낫는다고 하니, 내 눈에 부인의 침을 뱉어 주시오."

랍비의 부탁이 어찌나 간절한지, 그녀는 그의 눈에 침을 뱉지 않을 수 없었습니다.

그녀가 돌아가고 난 후, 이것을 보고 있던 랍비의 제자들이 그녀의 행동이 무례하다며 성토하기 시작했습니다.

그러자 랍비가 그들을 말리며 말했습니다.

"내 체면보다 한 가정의 평화를 되찾아주는 것이 더 중요한 일이 아니겠나. 가정을 지키기 위해서라면 무엇이든 할 수 있다네."

화병을 깨버린 이유

어느 나라의 왕이 아름답게 세공된 도자기와 유리로 만들어진 화병을 선물로 받았습니다.

도자기와 유리 화병은 섬세하고 우아하기 이를 데 없어 볼수록 마음에 들었습니다. 선물에 만족한 왕은 그것을 선물한 사람에게 많은 하사품을 내렸습니다.

그런데 선물을 바친 사람이 돌아가고 얼마 지나지 않았을 때, 왕이 갑자기 도자기와 화병을 바닥에다 냅다 집어 던지는 것이었습니다. 아름답기 이를 데 없었던 도자기와 유리 화병이 바닥에 부딪혀 산산조각이 나 버렸습니다.

그 자리에 있던 신하들은 갑작스러운 왕의 태도에 놀라며 그 이유를 물었습니다.

"나는 가끔 성질이 몹시 격해지는 수가 있소. 이 도자기와 유리 화병이 아름답기는 하지만 깨지기 쉬운 물건이오. 어쩌다

시종 중 누군가가 자칫 잘못하여 이 화병을 깨는 일이 생길지도 모르잖소. 만약 그런 일이 생기면 어떻게 될 것 같소? 보나 마나 화가 나서 그 시종을 잡아 죽이라고 명령을 내릴 거요. 그까짓 화병 하나 때문에 충직한 시종을 잃고 싶지 않소. 그런 일이 일어날 바에는 차라리 지금 내 손으로 그것을 깨버리는 것이 낫지 않겠소?"

생각의 차이

두 남자가 함께 여행을 하고 있었습니다.

그런데 그만 식량이 모두 떨어지고 말았습니다.

"먹을 것을 구해야 할 텐데……."

둘이 힘겹게 걷고 있었는데 다행히 멀지 않은 곳에 집 한 채가 있었습니다.

가까이 가서 들어가 보니, 그 집에는 사람이 없었습니다.

그런데 유난히 높은 천장에 큰 과일 바구니가 매달려 있는 것이 눈에 들어왔습니다.

한 남자가 체념한 듯 말했습니다.

"이거야 원! 저렇게 높이 매달려 있는데 저걸 무슨 수로 꺼내 먹겠어?" 하고는 포기했습니다.

그러자 다른 남자가 말했습니다.

"과일이 엄청 많군. 실컷 먹고도 남겠어. 하지만 너무 높군.

그래도 과일이 저곳에 있다는 것은 누군가 저기에 매달아 두었다는 얘기지. 그러니 저 바구니를 내릴 방법도 분명히 있을 거야."

그렇게 말하고 나서 집 안팎을 둘러보았습니다.

그러다가 마당의 한구석에 놓인 사다리를 발견하고, 그는 손쉽게 과일을 손에 넣을 수 있었습니다.

☞ 똑같은 상황에서 한 남자는 부정적으로, 다른 남자는 긍정적으로 생각했습니다. 생각을 달리할 때 문제 해결의 열쇠도 찾아집니다.

자기 자신부터 사랑하라

"아아, 사람들이 나한테 지녔던 존경심이 모두 사라지고 말았구나."

주위 사람들이 더 이상 자기를 존경하고 있지 않는다는 걸 의식한 랍비는 세상이 무너지는 것처럼 괴로웠고 두려움마저 생겼습니다.

그런데 시간이 지나면서 그는 주위 사람들이 자기를 존경하지 않는 게 아니라, 자기 자신이 스스로를 존중하지 않는다는 것을 깨달았습니다.

"내가 나 자신을 존중하지 않는데, 어찌 다른 사람들로부터 존경받을 수 있겠는가."

랍비는 자기 자신을 되돌아보며 자신의 장점을 헤아려 보았습니다. 생각해 보니 자신도 많은 장점이 있는 좋은 사람이란 걸 느끼게 되었습니다. 그렇게 느끼면서 자신감도 생겼습니다.

"나 자신을 사랑하니까 세상이 달라 보이는구나."

자기 스스로를 사랑하게 되자 가족과 이웃, 주변의 모든 사람과 보이는 사물들까지 사랑스러워지는 것이었습니다.

어느 날, 랍비는 십계명을 읽다가 '도둑질하지 마라.'는 계명에서 멈칫했습니다. 다른 사람의 물건을 도둑질하는 것도 나쁘지만, 자기 자신을 훔치는 일도 나쁘다는 것을 깨달은 것입니다.

"자신감을 잃는다는 건 나의 내면을 내가 도둑질하는 것과 마찬가지구나."

☞ 다른 사람을 사랑하는 것도 자기 자신을 사랑하는 데서부터 시작됩니다. 또한 자신에게 할 수 있다는 능력이 있음을 인정하지 않으면 스스로는 아무 일도 할 수 없으므로, 이는 자신감을 도둑질한 것과 다르지 않습니다.

악한 사람들을 대하는 태도

　세간에 흉흉한 소문이 떠돌았습니다. 그 소문의 주인공들은 극악무도하고, 인간의 탈을 쓴 짐승같이 잔인하다고 했습니다.

　그러던 어느 날 랍비들이 악당들과 마주치게 되었습니다. 이 악당들은 정말이지 모든 사람이 고개를 절레절레 흔들 정도로 교활할 뿐만 아니라 잔혹하기 이를 데 없었습니다.

　어떤 랍비가 작은 목소리로 말했습니다.

　"저런 인간쓰레기들은 모두 물에 빠져 죽어 버렸으면 좋겠습니다."

　이 말을 듣고, 지혜롭다고 칭송받는 한 랍비가 다음과 같이 말했습니다.

　"아니요. 그 사람들이 아무리 악하고 흉악해도 그러한 말을 하는 것은 옳지 않소. 설령 그 악당들이 사라져 버리는 것이 낫다고 해도 말이오. 세상에 귀하지 않은 사람은 없소. 그들은 나쁜 물이 들어 악해진 것이니, 우리는 저들을 회개시켜야 하오. 자신들의 죄를 뉘우치고 좋은 사람이 되도록 돕는 것이 백 번 옳소."

세 가지 교훈

한 사나이가 끈끈이로 새를 사로잡았습니다. 70가지 언어에
통달해 있던 그 새가 사나이에게 말했습니다.

"제발 나를 놓아주세요. 그러면 매우 쓸모 있는 세 가지 교훈
을 가르쳐 드리겠어요."

"좋아! 놓아줄 테니 말해 봐라."

"하지만 그전에 정말로 날 자유롭게 보내주겠다고 맹세해
주세요."

사나이가 맹세하자, 새가 말했습니다.

"그 교훈은 이렇습니다. 첫 번째, 다 끝난 일을 후회하지 마
라. 두 번째, 있을 수 없는 일을 얘기하는 자를 믿지 마라. 세
번째, 할 수 없는 일을 하려 하지 마라."

그러고 나서 새는 이제 자유로운 몸이 되게 놓아달라고 청했
습니다. 사나이가 약속대로 놓아주자, 새는 아주 높은 나무

위로 날아갔습니다. 그리곤 우두커니 서 있는 사나이를 내려다 보며 말했습니다.

"당신은 나를 놓아줬는데, 내 몸속에 큼직한 진주가 들어 있다는 사실은 몰랐겠지? 그 진주가 나를 현명하게 만들어 주고 있는 거야."

사나이는 새를 놓아준 자신의 어리석은 처사를 후회하며 새가 앉아 있는 나무로 뛰어오르려 했습니다. 하지만 도중에 떨어져서 발목이 부러지고 말았습니다. 고통스러워하고 있는 사나이를 보면서 새가 깔깔거렸습니다.

"당신은 둘도 없는 바보로군. 내가 가르쳐 준 교훈을 그처럼 금세 잊어버렸단 말인가? 이미 말했을 터인데, 다 끝난 일을 후회하지 말라고. 그런데도 당신은 나를 놓아줬다고 후회했지. 또한 있을 수 없는 일을 믿지 말라고 가르쳐 줬는데도, 내 말을 사실로 믿고 내가 진주를 가지고 있는 줄 알았지. 난 온종일 먹이를 찾아 헤매는 평범한 한 마리 새에 지나지 않아. 마지막으로 할 수 없는 일을 하려 하지 말라고 가르쳤지. 그런데도 당신은 새를 손으로 잡으려고 덤벼들었어. 그러니까 발목을 부러뜨리고 만 거지. '현자의 한마디는 바보를 백 번 가르치는 것보다 가치 있다.' 라는 격언은 바로 당신을 두고 하는 말이야. 인간 중에는 당신처럼 어리석은 자가 어쩌면 그렇게 많은지, 정말 알다가도 모르겠어."

비범한 일

구두쇠 주인이 종에게 돈은 주지 않고 빈 술병을 주면서 말했습니다.

"술을 사 오너라."

그러자 종이 물었습니다.

"주인님! 돈도 안 주시면서 저더러 어떻게 술을 사 오라고 하십니까?"

주인이 말했습니다.

"돈 주고 술을 사 오는 것이야 누구는 못 하냐? 돈 없이 술을 사 오는 것이 비범한 것이지."

종은 아무 말도 하지 않고 빈 술병을 가지고 밖으로 나갔습니다.

얼마 후 돌아온 종이 가지고 나갔던 빈 술병을 주인에게 건넸습니다.

"빈 술병으로 어떻게 술을 마시냐?"

주인이 화를 내며 말하자, 종이 짐짓 태연한 표정으로 말했습니다.

"병에 가득 찬 술을 마시는 거야 누구는 못 마십니까? 빈 술병으로 술을 마셔야 비범한 것이지요."

☞ 인생은 주는 대로 되받게 됩니다. 자업자득입니다.

처 세

◇ 다른 사람 앞에서 부끄러워하는 것과 스스로 부끄러워하는 것은 전혀 다른 것이다.

◇ 명성을 잡으려고 쫓아가면 붙잡을 수 없지만, 명성을 피해 달아나려고 하면 저절로 따라온다.

◇ 다른 사람이 자기를 칭찬하게는 해도, 자기 입으로 스스로를 칭찬하지는 마라.

◇ 올바른 인간은 자신의 욕망을 통제하지만, 그렇지 못한 인간은 그것에 끌려다닌다.

◇ 나무는 그 열매로 평가되고, 사람은 그가 이룩한 업적에 의해 평가된다.

◇ 장미는 가시 틈에서 꽃을 피운다.

◇ 한 닢의 동전이 들어 있는 항아리는 시끄러운 소리를 내지만, 동전이 가득 채워진 항아리는 조용하다.

◇ 항아리의 모양만 보지 말고 그 안에 담긴 내용물을 살펴봐라.

◇ 좋은 항아리를 가지고 있다면 오늘 사용해라. 내일이면 깨져 버릴지도 모른다.

◇ 막 열리기 시작한 오이를 보곤 맛이 있을지, 없을지를 예측할 수 없다.

◇ 자신의 '혀'에게는 '저로서는 알 수 없습니다.'라는 말을 부지런히 가르쳐야 한다.

◇ 인간에게는 여섯 가지의 매우 요긴한 부분이 있다. 그 가운데 자신이 지배할 수 없는 부분은 눈·코·귀이고, 자신의 힘으로 움직일 수 있는 부분은 입·손·발이다.

◇ 장사꾼이 절대 해서는 안 될 세 가지 일이 있다. 과대선전과 값을 올릴 목적으로 하는 매점매석, 정량을 속여서 파는 일이다.

◇ 무료로 처방전을 써주는 의사의 충고는 귀담아듣지 마라.

◇ 이 세상에는 도가 지나치면 안 되는 것 여덟 가지가 있다. 그것은 여자·돈·술·잠·일·약·향료·여행이다.

◇ 이 세상에는 지나치게 많이 사용해서는 안 되는 것 세 가지가 있다. 빵을 만들 때 넣는 이스트와 소금, 망설임이 그것이다.

◇ 높은 사람이 아랫사람의 말을 귀담아듣고, 노인이 젊은 사람의 말에 귀 기울이는 세상은 축복받아 마땅한 곳이다.

◇ 맛있는 요리를 한꺼번에 실컷 먹고 그다음 날부터 굶는

것보다는, 평생 양파만 먹고 사는 편이 더 낫다.

◇ 좋은 음악, 조용한 풍경 그리고 은은한 향기는 사람의 마음을 평온하게 해 준다.

◇ 두려움과 분노, 자녀와 악처 ─ 이 네 가지는 사람을 빨리 늙게 하는 요인이다.

◇ 좋은 가정, 좋은 아내, 좋은 옷 ─ 이 세 가지는 남자에게 자신감을 심어 준다.

◇ 결혼하는 이유는 행복을 얻기 위함이므로 떠들썩하게 기쁨을 나누지만, 장례식에 참석하는 이유는 잊기 위함이므로 마땅히 침묵을 지켜야 한다.

◇ 선행을 외면하고 마음의 문을 닫으면, 머지않아 의사에게 문을 열어줘야 한다.

◇ 금식을 하는 이유는 아낀 돈으로 자선을 베풀기 위함이다.

◇ 제아무리 엄청난 부자라도 남을 위해 자선을 베풀 줄 모르는 사람은 진수성찬이 차려진 식탁 위에 소금이 놓여 있지 않은 것과 같은 꼴이다.

◇ 촛불 한 자루로 여러 개의 초에 불을 붙인다 해도 애초의 촛불 빛은 흐려지지 않는다.

◇ 전당포라고는 해도 과부나 가난한 여자, 아이들의 물건을 저당 잡아서는 안 된다.

◇ 달콤한 과일에는 달콤한 만큼 벌레가 많이 꼬여 들고, 재산이 많으면 많은 만큼 근심 또한 적지 않다. 또한 여자가 많으면 잔소리가 많고, 하녀가 많으면 풍기가 문란해지기 마련

이며, 하인이 많으면 집 안의 물건이 많이 없어진다.

◇ 스승보다 깊이 배우면 인생이 보다 풍요로워지고, 사색을 많이 하면 그만큼 지혜가 많이 쌓인다.

◇ 사람들을 만나 유익한 얘기를 들으면 좋은 길이 열리고, 자선을 많이 베풀면 보다 나은 평온이 찾아온다.

◇ 타인의 자비로 살아야 할 처지라면 차라리 가난하게 사는 편이 낫다.

◇ 강의의 목적은 청취라는 것을 잊지 말고, 남을 방문할 때엔 일찍 도착해야 한다.

판사

◇ 판사는 항상 진실과 평화를 동시에 추구해야 한다. 진실만을 추구하려 하면 평화가 깨질지도 모른다. 그렇기에 진실을 추구하면서 동시에 평화를 지킬 수 있는 방법을 찾아야 한다. 그에 가장 좋은 방법이 바로 '타협'이다.

◇ 판사가 되기까지의 이력이 깨끗해야만 판사의 자격을 갖췄다고 할 수 있다. 그리고 판사가 되고 난 다음에도 언제나 겸손하고 선하게 행동해야 하며, 정확한 판단력과 단호하게 결단을 내릴 만한 용기를 지녀야 한다.

◇ 사형을 언도하기 직전의 판사는 자신의 목에 칼이 꽂힌 것과 같은 마음가짐을 지녀야 한다.

돈

◇ 돈은 하느님이 마련해 준 선물을 살 수 있는 기회를 제공한다.

◇ 돈은 나쁜 것이 아니며, 저주의 대상도 아니다. 그것은 인간을 축복하는 것이다.

◇ 재산이 많으면 튼튼한 요새를 갖고 있는 것처럼 든든하고, 재산이 없으면 폐허를 갖고 있는 것처럼 공허하다.

◇ 신체의 각 부분은 모두 마음에 의지하고, 그 마음은 돈지갑에 의지한다.

◇ 고민과 언쟁, 빈 지갑 ― 이 세 가지가 인간의 마음을 상하게 하는 것들이다. 그중에서도 가장 인간을 상하게 하는 건 빈 지갑이다.

◇ 돈이란 물건을 사거나 장사를 하는 데 쓰는 것이지, 술을 퍼마시는 데 쓰는 것이 아니다.

◇ 돈을 빌려준 사람에게 분노를 느끼는 사람은 없다.

◇ 돈이나 물건은 거저 주지 말고 빌려주어야 한다. 거저 주면 받은 사람이 준 사람의 아래에 위치해야 할 것 같은 부담을 주지만, 빌려주고 빌려 쓰면 대등한 관계를 유지할 수 있기 때문이다.

4. 분별하며 사는 삶

다섯 부류의 인간 유형

　망망대해를 항해하던 배가 도중에 폭풍우를 만나, 높은 파도에 휩쓸리는 바람에 뱃길을 잃고 말았습니다.

　얼마 후 파도가 잠시 잠잠해진 틈을 타서 배는 근처에 있는 섬으로 이동했습니다. 사람들은 배의 닻을 내리고 그곳에 잠시 머무르며 폭풍우가 완전히 물러나기를 기다렸습니다.

　그 섬은 무척 아름다웠습니다. 섬에는 진귀하고 아름다운 꽃들이 만발해 있었고, 먹음직스러운 과일이 주렁주렁 달린 나무들이 지천으로 널려 있었습니다.

　배에 타고 있던 사람들은 섬에 도착하자 행동이 저마다 달랐는데, 대략 다섯 부류로 나누어졌습니다.

　첫 번째 부류는 배가 언제 다시 출항할지 모르기에 아름다운 섬을 구경할 생각도 하지 못한 채 배 안에서 빨리 출항하기를 기다립니다.

두 번째 부류도 마찬가지로 배가 언제 다시 출항할지 모르기에 불안해합니다. 하지만 서둘러서 섬에 내려가 풍성한 과일로 허기진 배를 채우고는 곧장 배로 다시 돌아옵니다.

세 번째 부류는 섬에 내려가 여유롭게 아름다운 섬의 경치와 달콤한 과일들을 즐깁니다. 너무 느긋하게 즐기는 바람에 배를 놓칠 뻔했지만, 허둥지둥 달려가 출항 직전에 간신히 승선할 수 있었습니다.

네 번째 부류는 선원들이 닻을 걷어 올리는 것을 보면서도 서두르지 않았습니다. 출항 직전까진 시간이 충분하다고 생각했고, 설마 자기들을 두고 가겠냐고 생각했습니다. 그런데 배가 출항하자 당황한 나머지 허겁지겁 바다에 뛰어들어 헤엄을 쳐서 겨우 배에 오를 수 있었습니다. 하지만 승선하기 위해 온 힘을 다해 헤엄치는 바람에 온몸이 상처투성이가 되었고, 여기저기 돌에 부딪혀 피를 흘렸습니다.

마지막으로 다섯 번째 부류는 섬에 내려가 달콤한 과일들을 실컷 따 먹은 다음 아름다운 경치에 도취하여 배가 출항하는 것도 몰랐습니다. 섬에 남겨진 그들은 결국 맹수에게 쫓기거나 독이 든 열매를 먹고 모두 죽고 말았습니다.

첫 번째 부류는 인생의 쾌락을 아주 무시하고 가까이하지 않는 사람들이라고 할 수 있습니다. 아름다운 섬을 구경할 생각조차 하지 않았으니 말입니다.

두 번째 부류는 알맞게 쾌락을 맛보았고, 배를 타고 목적지에 가야 한다는 생각을 버리지 않았습니다. 가장 지혜로운 사람들이라고 할 수 있습니다.

세 번째 부류는 심각할 정도로 쾌락에 빠지지는 않았으나 어느 정도 고생을 감수해야 했습니다.

네 번째 부류는 결국 배로 돌아오기는 했으나 너무 늦어 고생했고, 목적지에 도착할 때까지 갖가지 상처로 고통을 받아야 했던 사람들이라 할 수 있습니다.

다섯 번째 부류는 일생을 향락과 허영의 늪 속에 빠져 앞날의 일을 망각한 채 사는 사람들입니다. 그들은 달콤해 보이는 눈앞의 과일에 현혹되어 그것이 독을 품고 있다는 사실조차 알아내지 못하고 먹어 버리는 사람들로서, 바로 앞에 닥칠 불행한 죽음조차 예견하지 못하고 오로지 쾌락에만 빠져 시간을 낭비하게 됩니다. 가장 경계해야 할 부류라고 할 수 있습니다.

인간에 대한 평가

인간을 평가하는 기준이 세 가지 있습니다.

첫째는 돈을 넣는 지갑이고, 둘째는 술을 마시는 잔이며, 셋째는 성격입니다.

이것으로 그 사람이 돈을 어떻게 쓰는지, 술 마시는 품행이 깨끗한지 지저분한지, 인내심이 있는지 없는지를 평가할 수 있습니다.

인간은 다음과 같은 네 가지 유형으로 구분해 볼 수 있습니다.

첫째는 일반적인 유형으로, 내 것은 내 것이고 네 것은 네 것이라는 인간.

둘째는 이색적인 유형으로, 내 것은 네 것이고 네 것은 내 것이라는 인간.

셋째는 강한 정의감을 소유한 유형으로, 내 것도 네 것이고 네 것도 네 것이라는 인간.

넷째는 나쁜 심성을 지닌 유형으로, 내 것도 내 것이고 네 것도 내 것이라는 인간.

현자 앞에 앉은 인간은 세 가지로 분류할 수 있습니다.

첫째, 무엇이든지 흡수하는 스펀지형.

둘째, 오른쪽 귀로 듣고 왼쪽 귀로 흘려버리는 터널형.

셋째, 중요한 것과 그렇지 못한 것을 선별해 내는 어레미형.

현명한 사람이 되는 조건은 일곱 가지가 있습니다.

첫째, 자기보다 현명한 사람 앞에서는 침묵을 지킨다.

둘째, 남이 이야기를 하는 도중에 자르지 않는다.

셋째, 대답할 때는 서두르지 않는다.

넷째, 언제나 요점이 뚜렷한 질문을 하고, 사리에 맞는 대답을 한다.

다섯째, 먼저 해야 할 일과 나중에 해도 될 일을 정확히 구분한다.

여섯째, 모를 때는 모른다고 시인한다.

일곱째, 진실을 인정한다.

못생긴 그릇

얼굴이 못생겼지만 박식하고 현명하기로 소문난 랍비가 어느 날 로마제국 황제의 딸을 만나게 되었습니다.

황제의 딸인 공주는 랍비를 보자마자 얼굴을 찌푸리며 이렇게 비웃었습니다.

"그토록 소문난 지혜가 사실은 형편없이 못생긴 그릇에 담겨 있었군."

공주의 비아냥거림에 랍비가 물었습니다.

"궁전에는 좋은 술이 꽤 많겠지요?"

그러자 공주는 별걸 다 묻는다는 듯이 경멸하는 투로 말했습니다.

"그럼요. 어떤 술을 원하시는데요?"

랍비는 공주의 물음에는 대답을 하지 않은 채 재차 물었습니다.

"이곳에서는 좋은 술을 어디에 담아 둡니까?"

랍비의 질문에 공주가 의기양양하게 대답했습니다.

"항아리나 병에 담아 두지요!"

그러자 랍비가 짐짓 실망한 기색으로 말했습니다.

"공주님은 다른 나라도 아닌 대로마제국의 공주님 아니십니까. 금이나 은으로 된 그릇도 많이 가지고 계실 텐데 왜 그런 볼품없는 그릇에 술을 담아 두십니까?"

이 말을 들은 공주는 그 즉시 항아리와 병에 담겨 있던 술을 금과 은으로 만들어진 그릇에 옮겨 담으라고 시녀들에게 지시했습니다.

그런데 얼마 지나지 않아 술맛이 이상하게 변해 버렸고, 이를 알게 된 로마 황제가 크게 화를 냈습니다.

"아니, 대체 술맛이 왜 이런 것이냐! 누가 술을 이런 데다 담는 어리석은 짓을 했단 말이냐?"

공주는 당황하여 어쩔 줄 몰라 하며 기어들어 가는 소리로 대답했습니다.

"제가 생각이 모자라서 그렇게 하라고 시켰습니다. 금이나 은으로 만든 그릇에 술을 담아 놓는 것이 더 좋으리라 생각하여……."

황제에게 꾸지람을 들은 공주는 곧바로 랍비를 찾아가 그 이유를 따져 물었습니다.

"랍비님, 당신처럼 지혜로운 분이 어찌하여 저에게 그렇게 어리석은 말씀을 하신 겁니까?"

그 말에 랍비가 담담한 표정으로 이렇게 말했습니다.

"아무리 귀하고 소중한 것이라도 때로는 투박하고 거친 그릇 속에 담겨 있을 때 진가를 발휘하는 것이 있답니다. 저는 단지 공주님이 이를 아셨으면 하는 바람이 있어서 그런 말씀을 드린 것뿐입니다."

☞ 흔히들 외모로 사람을 판단하곤 합니다.

물론 그것을 완전히 무시할 수는 없지만, 그것이 그 사람의 모든 것을 말해 주지는 않습니다.

눈에 보이지 않는 보물

어느 날, 랍비 한 사람이 배를 타고 외국으로 여행을 하게 되었습니다. 함께 배에 탄 승객들은 모두 돈이 많은 부자로서 갖가지 보석을 몸에 지니고 있었습니다.

여행 중에 심심해진 어떤 사람이 자기가 지닌 보석을 자랑했습니다. 그러자 사람들은 너도나도 자기 보석들을 자랑하고, 서로의 재산을 견주어 보기도 했습니다.

랍비는 부자들이 서로 자기 재산이 많다고 자랑하며 뽐내는 모습을 물끄러미 바라보고만 있었습니다.

그때 한 사람이 랍비에게 물었습니다.

"여보시오! 당신은 뭔가 자랑할 만한 보석이 없소? 보아하니 가난한 사람 같긴 합니다만⋯⋯."

그러자 랍비가 말했습니다.

"나는 누구보다 훌륭한 보물을 지니고 있습니다. 내 재산은 당신들 것과 비교할 수 없습니다."

사람들은 무슨 뜻인가 해서 서로의 얼굴을 바라보았습니다.

"여보시오! 뭔가 귀중한 보물을 숨기고 있나 본데, 그러지 말고 어디 내놓아보시오."

누군가가 청하자, 사람들이 호기심을 가지고 모여들었습니다. 랍비는 침착하게 말했습니다.

"내 보물을 여러분에게 보여줄 수 없는 것이 유감이군요. 왜냐하면, 그것은 눈에 보이지 않는 것이기 때문입니다."

그 말을 들은 사람들은 속으로 랍비를 비웃었습니다.

"보물이 있긴 뭐가 있겠어?"

"맞아. 아무것도 없으니까 공연히 눈에 보이지 않는 보물이라는 둥 해괴한 소리를 하는 게 틀림없어."

사람들은 이렇게 수군거렸습니다.

그런데 얼마 후 그들이 타고 가던 배가 바다 한가운데서 해적선의 습격을 받고 말았습니다. 해적들은 배에 타고 있던 사람들에게서 돈과 보석을 모두 빼앗은 다음 식량마저 챙겨서 가져가 버렸습니다.

해적들이 가버린 뒤, 더 이상 항해를 할 수 없게 된 배는 가장 가까운 항구에 사람들을 내려놓았습니다. 돈 한 푼 남지 않은 사람들은 그 항구 도시에서 살길을 찾아서 뿔뿔이 흩어졌습니다.

랍비는 우연히 그곳의 학자들을 만나 대화를 나누었습니다. 랍비가 학식과 교양이 높은 사람임을 알게 된 학자들은 랍비에게 그 고장의 학생들을 가르쳐 달라고 부탁했습니다. 그리하여 랍비는 먹고 입는 것을 걱정하지 않게 되었습니다.

어느 날, 랍비는 길에서 구걸하고 있는 한 무리의 사람들을 만났습니다. 그들은 놀랍게도 랍비와 같은 배에 탔던 부자들이었습니다.

"이게 웬일입니까?"

랍비가 놀라서 묻자, 부자들이 말했습니다.

"우리는 고향으로 돌아갈 여비를 마련하지 못해, 부끄럽게도 이렇게 구걸하는 신세가 되었습니다."

그들은 랍비가 그 도시에서 선생님이 된 것을 보고 감탄하면서 이구동성으로 말했습니다.

"선생께서 그때 눈에 보이지 않는 보물을 가지고 있다고 했던 뜻을 이제야 알겠소. 우리가 과거에 누렸던 화려함과 재화는 쉽게 사라지지만, 당신이 지닌 그 지식은 결코 그 누구에게도 빼앗기지 않는다는 것을 이제야 깨달았다오."

☞ '지식이 재산이다.'라는 말이 있습니다.

지식은 남에게 빼앗기는 일 없이 항상 지니고 있으므로 지식이야말로 귀중한 재산이라는 말이 생겨난 것입니다.

하느님

한 로마인이 랍비를 찾아와 이렇게 말했습니다.

"당신들은 늘 하느님 얘기만 하는데, 하느님이 어디 있는지 보게 해 주시오. 그렇게 해 주면 나도 하느님을 믿겠소."

랍비는 로마인의 억지 질문이 불쾌했지만 내색하지 않은 채 그를 밖으로 데리고 나가, 태양을 가리키며 말했습니다.

"똑바로 바라보시오!"

순간, 힐끗 태양을 쳐다보고 난 로마인이 소리쳤습니다.

"말도 안 되는 소리요! 어떻게 태양을 똑바로 바라볼 수가 있단 말이오?"

그러자 랍비가 반문했습니다.

"하느님께서 빚어내신 많은 것 중 하나인 태양조차 똑바로 바라볼 수 없다면 어찌 위대한 하느님을 한눈에 볼 수 있겠소?"

강자와 약자

이 세상에서는 약자의 위치에 있지만, 강자에게 공포감을 불러일으키게 하는 것 네 가지가 있습니다. 바로 다음과 같은 것들입니다.

첫째, 모기입니다. 모기는 사자에게 그야말로 공포의 대상입니다.

둘째, 거머리입니다. 거머리는 덩치가 산더미만 한 코끼리가 봐도 징그러운 놈입니다.

셋째, 파리입니다. 아무리 사납다는 전갈도 파리에게는 꼼짝하지 못합니다.

넷째, 거미입니다. 하늘의 날쌘돌이 매도 거미를 보면 공포감을 느낍니다.

☞ 이 세상에 절대강자는 없습니다. 어떤 강자라도 천적은 존재하기 마련입니다.

　아무리 크고 힘이 센 강자라도 약점은 있으며, 힘없고 보잘것 없는 미물이라도 불퇴전의 용기만 있다면 능히 강자를 무너뜨 릴 수 있다는 교훈을 ≪탈무드≫는 전합니다.

헐뜯지 않는 입

동물들이 모인 자리에서, 몇몇 동물이 함께 있던 뱀의 흉을 보기 시작했습니다.

"사자는 일단 먹이를 쓰러뜨린 다음 뜯어먹고, 늑대는 먹이를 갈가리 찢어낸 다음 먹는데, 뱀인 너는 뭐가 급하다고 먹이를 그렇게 통째로 삼키니?"

그러자 뱀이 이렇게 대꾸했습니다.

"나는 그것이 남을 헐뜯는 너희들보다는 낫다고 생각해. 적어도 입으로는 상대방에게 상처를 입히지 않으니까."

🖐 험담은 발사된 총알과 같아서, 일단 한번 총소리를 듣고 나면 그것을 도로 무를 수가 없습니다.

뱀의 머리와 꼬리

한 마리 뱀이 있었습니다. 뱀의 꼬리는 언제나 머리가 가는 대로 따라다녀야 하는 것이 불만이었습니다.

어느 날, 마침내 꼬리가 불만을 터뜨리고 말았습니다.

"이게 무슨 꼴이람! 나는 언제나 마음에도 없이 머리를 따라다녀야 한다니! 게다가 머리는 내 의견은 들어보지도 않고 제 마음대로 방향을 정한단 말이야. 이건 불공평해. 나도 엄연히 뱀의 한 부분인데, 어째서 노예처럼 늘 머리를 따라다녀야 하느냐고?"

그러자 뱀의 머리가 조용히 타일렀습니다.

"그런 불평은 어리석은 거야. 너에게는 앞을 볼 수 있는 눈도 없고, 위험을 알아차릴 수 있는 귀도 없어. 따라서 너는 어느 곳으로 가야 안전한지도 모르지 않니? 게다가 나는 나만을 위해 무엇을 결정하지는 않아. 언제나 너와 나 모두가 안전한 곳으로 인도하고 있단 말이야."

그러자 뱀의 꼬리가 벌컥 화를 내며 말했습니다.

"흥! 그런 입에 발린 말로 얼버무리려고 한다면 그야말로 어리석은 짓이야. 나는 결코 네가 가는 곳을 그대로 따라가지는 않을 거야."

그 말을 들은 머리가 어쩔 수 없다는 듯 말했습니다.

"좋아! 그렇다면 네가 원하는 대로 해보렴. 나는 네 뒤를 따라갈 테니까."

그 말에 꼬리는 아주 신이 난 듯 앞장서서 움직이기 시작했습니다.

그러나 얼마 가지 못해 꼬리는 진흙 구덩이에 빠지고 말았습니다. 꼬리가 빠지자 머리도 따라서 빠졌습니다. 머리는 어쩔 수 없이 꼬리를 이끌고 갖은 고생을 하며 그곳에서 빠져나와야 했습니다.

꼬리는 다시 앞장서서 움직였습니다. 그런데 이번에는 가시덤불 속으로 기어들었습니다.

"앗, 따가워!"

꼬리는 소리치면서 가시덤불에서 빠져나오려고 발버둥을 쳤습니다. 그러나 앞을 보지 못하는 꼬리가 애를 쓰면 쓸수록 가시덤불 속으로 깊이 빨려 들어갔습니다.

이번에도 머리가 갖은 고생 끝에 꼬리를 이끌고 가시덤불을 헤치고 나왔습니다. 하지만 온몸이 가시에 찔려 이미 상처투성이가 되어 있었습니다.

그래도 꼬리는 앞장서기를 포기하지 않고 움직였습니다. 그러다가 마침내는 활활 타는 불 속으로 기어들어 가고 말았습니다.

"이크, 불이다! 아이고 뜨거워라!"

꼬리는 불길에서 빠져나오려고 온몸을 비틀었습니다. 위험을 느낀 머리가 불길 속에서 빠져나가려고 사력을 다했지만 이미 때가 늦은 후였습니다.

맹목적인 꼬리의 주장 때문에 뱀의 머리에까지 불이 붙어, 뱀은 결국 타 죽고 말았습니다.

☞ 이 이야기는 우리가 지도자를 선출할 때 능력 있는 사람을 뽑아야 하는 이유가 무엇인지 깨우쳐주고 있습니다.

셋째 딸의 험담

어떤 홀아비가 세 명의 딸과 함께 살고 있었습니다.

그는 딸들의 나이가 들수록 근심이 쌓이기 시작했습니다. 딸들이 모두 외모는 아름다웠지만 각자 하나씩 결점이 있었기 때문입니다.

첫째는 자주 게으름을 피우고, 둘째는 남의 것을 훔치는 버릇이 있었으며, 셋째는 걸핏하면 누군가에 대해 험담을 늘어놓곤 했습니다.

한편, 이웃 마을에는 아들 삼 형제를 둔 부유한 사람이 살고 있었습니다.

어느 날 그가 세 딸의 아버지에게 자기 아들들과 혼인을 시키자고 청해왔습니다.

"우리 집은 아들이 셋이고, 그 집은 딸이 셋이니 그 아이들을 서로 맺어 주는 건 어떻겠소?"

"그야 물론 좋지만……."

"왜 무슨 문제라도 있습니까?"

"사실 우리 아이들에게 결점이 하나씩 있어서……."

세 딸의 아버지는 딸들의 결점을 사실대로 털어놓았습니다.

그러자 시아버지 될 사람은 자기가 모든 것을 책임지고 고쳐 나가겠다고 말했고, 마침내 결혼이 성사되었습니다.

그들이 결혼하고 나자, 시아버지는 게으름뱅이 첫째 며느리를 위해서 많은 하인을 고용했고, 도벽이 있는 둘째 며느리를 위해서는 모든 창고 열쇠를 주어 무엇이든 원하는 것을 갖게 했습니다. 마지막으로 험담하기 좋아하는 셋째 며느리에게는 아침마다 오늘은 누군가를 흉볼 일이 없는지 물어보고 험담을 들어 주었습니다.

얼마간의 시간이 지난 뒤 딸들의 결혼생활이 궁금해진 아버지가 사돈집을 방문했습니다.

첫째 딸은 하인들이 모든 일을 다 해주어 즐겁다고 말했고, 둘째 딸은 갖고 싶은 물건을 얼마든지 가질 수 있어서 행복하다고 말했습니다.

그런데 셋째 딸은 시아버지가 시도 때도 없이 이것저것 캐물어서 너무 괴롭다고 말했습니다.

아버지는 첫째 딸과 둘째 딸의 말을 듣고서는 마음을 놓으며 안도의 숨을 쉬었습니다.

하지만 셋째 딸의 말은 곧이듣지 않았습니다. 셋째 딸은 시아버지까지도 헐뜯고 있었기 때문입니다.

사자 목구멍에 걸린 뼈

사자의 목구멍에 날카로운 뼈가 걸렸습니다.

사자는 자기 목구멍에서 뼈를 빼주는 자에게는 아주 좋은 상을 주겠다고 동물들에게 말했습니다.

그러자 학이 기꺼이 나섰습니다.

학은 사자의 입을 크게 벌리도록 한 다음, 자신의 긴 부리를 입속에 쑥 집어넣어 걸려 있던 뼈를 빼냈습니다.

뼈를 빼낸 학이 사자에게 말했습니다.

"사자님, 제게 어떤 상을 주실 건가요?"

그러자 사자가 학을 노려보며 다음처럼 퉁명스럽게 말했습니다.

"내 입속에 머리를 집어넣었다가 살아서 도망간 놈은 여태껏 없었다. 그런데 너는 내 입속에 머리를 집어넣고서도 지금까지 살아 있으니, 그걸 상이라고 생각하면 될 것이다. 너는 그런 위험

한 상황에서 살아 나온 것을 자랑할 수가 있고, 살아가면서
힘든 일이 생기면 이 일을 생각하며 위로 삼을 수도 있지 않겠느
냐? 그러니 무슨 다른 상이 또 필요하겠느냐?"

세 치 혀 · 1

이곳저곳을 돌아다니며 '행복하게 사는 비결'을 파는 장사꾼이 있었습니다.

그가 가는 곳에는 늘 많은 사람이 몰려들어, 그 비결을 서로 사기 위해서 아우성을 쳤습니다.

어느 날 그가 어떤 동네의 골목에서 '행복하게 사는 비결'을 판다고 큰 소리로 외쳤습니다.

그러자 이번에도 많은 사람이 모여들었습니다.

사람들이 서로 질세라 그 비결을 사겠다고 나섰습니다.

"그런 방법이 있단 말이에요? 제가 살게요! 어서 빨리 보여 주세요!"

"내게 파세요."

"나도 사겠습니다."

많은 사람 사이에는 랍비도 몇 명 있었습니다.

그러자 장사꾼이 랍비들을 바라보며 말했습니다.

"행복하게 사는 방법은 아주 단순하지요. 그것은 바로 자기의 혀를 조심하는 것이랍니다."

그전까지 궁금함을 못 참고 앞다투어 상인을 찾았던 사람들은 단번에 그 말을 수긍하며 자리를 떠났습니다.

세 치 혀 · 2

한 랍비가 제자들을 집에 초대하여 맛있는 음식을 대접했습니다.

맛깔스럽게 차려진 음식 중에는 소와 양의 혀로 된 요리도 있었습니다. 그런데 혀 요리 중에는 딱딱한 것도 있고, 부드러운 것도 있었습니다.

부드러운 것에만 손을 대는 제자들을 보고 랍비가 한마디 했습니다.

"사람이라면 누구나 부드러운 혀를 좋아하기 마련이지. 그러니 너희들도 항상 혀를 부드럽게 간직하도록 해라. 혀가 딱딱해지면 다른 사람을 화나게 하거나 서로 싸움의 불씨를 만들게 되니까."

세 치 혀 · 3

어느 날, 랍비가 심부름하는 아이에게 시장에 가서 맛있는 것을 사 오라고 했습니다.

그런데 그가 사 온 것들은 모두 혀뿐이었습니다.

며칠 뒤 랍비는 같은 아이에게 또다시 장 심부름을 시키며, 이번에는 값이 가장 싼 것을 사 오라고 당부했습니다.

그런데 이번에도 그가 사 온 것은 모두 혀뿐이었습니다.

랍비는 언짢은 기색으로 그 이유를 캐물었습니다.

"맛있는 것을 사 오라고 해도 혀를 사 오고, 가장 싼 것을 사 오라고 해도 혀를 사 온 이유가 도대체 뭐냐?"

그러자 심부름하는 아이가 이렇게 대답했습니다.

"맛있고 좋은 것이라면 좋은 혀가 그에 해당되고, 또 싼 것이라면 맛없고 나쁜 혀가 바로 그에 해당되기 때문입니다."

여자의 힘

착한 부부가 어쩌다가 이혼을 했습니다.

이혼한 지 얼마 지나지 않아, 남편은 다른 여자와 재혼을 했습니다.

그러나 결혼 운이 없었든지, 새로 만난 아내는 심성이 아주 고약했습니다. 그러다 보니 남편의 심성까지도 날로 고약하게 변해갔습니다.

이혼한 아내도 재혼했는데, 새로 만난 남자는 아주 나쁜 남자였습니다.

그러나 이 남자는 차츰 아내를 닮아 착한 사람으로 바뀌었습니다.

☞ 광고 문안에도 있듯이 '남자는 여자 하기 나름' 입니다.

필연적인 만남

솔로몬 왕에게는 아주 귀엽고 영리한 딸이 하나 있었습니다.

솔로몬 왕이 어느 날 잠을 자는데, 딸의 신랑 될 사람이라며 한 청년이 꿈속에 나타났습니다. 그런데 그 모습이 자기 딸과는 영 어울리지 않아 보였습니다.

솔로몬 왕은 두 사람의 결합이 정녕 하늘의 뜻인지를 시험해 봐야겠다고 마음먹었습니다.

그리하여 자신의 딸을 작은 외딴섬에 있는 별궁으로 보낸 다음, 다른 사람과의 접촉을 금지했습니다.

별궁 주위에 담을 높게 둘러친 것은 물론이고 70명의 경비병을 빽빽이 세워 지키게 했으며, 별궁 출입문 열쇠까지 감춰놓았습니다.

한편, 솔로몬 왕이 꿈속에서 보았던 청년은 허기진 배를 움켜쥐고 잠잘 곳을 찾아 홀로 들판을 헤매고 있었습니다. 그러다가 죽어 있는 소를 발견한 젊은이는 조금이라도 몸을 녹이려고 그 갈빗대 사이 몸속으로 들어가 잠을 청했습니다.

아, 그런데 이게 무슨 일입니까! 잠시 후 청년이 잠에 빠졌을 때 커다란 새가 날아와 죽은 소를 낚아채어 날아오르더니, 얼마쯤 날다 힘에 부치자 그만 소를 떨어뜨리고 만 것입니다.

그런데 죽은 소가 떨어진 곳은 공교롭게도 솔로몬 왕의 딸이 갇혀 있는 바로 그 별궁이었습니다.

그 덕택에 죽은 소의 몸에서 잠을 자고 있던 청년은 솔로몬 왕의 딸을 만났으며, 두 사람은 곧 서로 사랑에 빠지게 되었습니다.

☞ 일어나야 할 일은 반드시 일어나고, 만나야 할 사람은 반드시 만난다고 합니다.

불가사의한 일

모세는 평소에 곧잘 인기척 없는 곳을 찾아가 묵상하곤 했는데, 그럴 때면 으레 하느님이 그의 앞에 나타났습니다.

그날도 모세는 샘터 근처의 나무 그늘에 앉아 묵상에 잠겨 있었습니다.

그때 한 사나이가 샘터로 다가오더니 물을 떠서 마시고는 이내 발걸음을 재촉하여 떠났습니다. 그런데 너무 서두르는 바람에 지갑을 떨어뜨린 것을 모르고 그냥 가 버렸습니다.

얼마 후 다른 사나이가 샘터로 와서 역시 물을 마셨는데, 그는 떨어져 있는 지갑이 눈에 띄자 그걸 집어 안주머니에 넣고는 서둘러서 그 자리를 떠났습니다.

그 뒤 또 한 나그네가 샘터로 왔습니다. 그는 물을 마시고 나서도 한동안 앉아 쉬고 있었습니다.

그때 지갑을 떨어뜨리고 간 맨 처음 사나이가 헐레벌떡 샘터로 되돌아왔습니다. 분명히 물을 마시려고 허리를 굽혔을 적에 지갑을 떨어뜨렸으리라 생각되었기 때문입니다.

맨 처음 사나이는 한 나그네가 그곳에 앉아 있는 걸 보고 물었습니다.

"여기서 뭘 하고 있소?"

"피곤하기에 잠시 쉬고 있는 참이오. 배도 채우고 물도 실컷 마셨기에, 이제 서서히 떠나려 하고 있었소."

그러자 맨 처음 사나이가 나그네에게 덤벼들었습니다.

"그럼 내가 떨어뜨린 지갑을 보았겠군. 바로 조금 전에 있었던 일이니까 말이야. 네놈밖에는 가져갈 사람이 없다고."

"당신 지갑을 내가 알 리 있소? 무턱대고 누명을 씌울 셈이오? 딴 데 가서 찾아보시오."

결국 주먹이 오가는 등 격한 싸움이 벌어졌습니다.

모세가 다가가서 말리려고 했지만, 그가 끼어들기도 전에 맨 처음 사나이가 나중의 나그네를 때려죽이고 도망치고 말았습니다.

모세는 죄도 없이 살해당한 사나이가 불쌍해서 견딜 수 없었습니다. 하느님은 어찌하여 이 같은 억울한 일이 일어나도록 그냥 내버려 두시는지 의아하게 여겨졌습니다.

모세가 말했습니다.

"저는 지금 세 가지 부당한 행위를 보았습니다. 첫째는, 한 사나이가 자기 물건을 떨어뜨리는 걸 당신은 보고만 계셨습니다. 둘째는, 다른 사나이가 아무런 방해도 받지 않고 남의 물건을 자기 소유로 하는 것을 보고만 계셨습니다. 셋째는, 아무런 나쁜 일도 하지 않은 사나이가 살해당하는 꼴을 역시 그냥 보고만 계셨습니다. 뿐만 아니라, 지갑을 떨어뜨린 사나이는 살인자가 되어야 했습니다. 이렇듯 풀기 힘들게 서로 얽혀 버린 문제를 어떻게 판단하면 좋을지…… 전능하신 하느님이시여, 가르쳐 주소서!"

그러자 하느님이 대답했습니다.

"너는 마치 내가 한 일이 잘못이라 생각하는 것 같구나. 인간 들은 이따금 내가 하는 일이 불가사의하게 여겨지겠지만, 그것 은 모든 일에 필연적으로 그 연유가 있음을 모르기 때문이다. 그럼 네게 가르쳐 주겠다. 지갑을 떨어뜨린 사나이는, 억울하게 죄를 짓긴 했지만 그 지갑은 그의 아버지가 훔친 것이다. 그리고 지갑을 주워서 가진 사나이는, 지갑을 도난당한 사람의 아들이 었다. 살해당한 사나이는, 벌써 먼 옛날의 일이지만 지금 그를 죽인 사나이의 형을 죽인 적이 있다. 증인도 없이 그러한 일이 일어났으므로 동생의 손을 빌려 그 원수를 갚게 한 셈이지. 너희 들은 이러한 사정을 알지 못하기에, 어째서 악인이 번성하고 정직한 자가 괴로운 일에 부딪혀야 하느냐고 번번이 묻는다. 인간에겐 내가 걷는 길이 보이지 않는 법이니까."

굴뚝 청소를 한 두 아이

한 랍비가 제자에게 물었습니다.

"두 아이가 굴뚝 청소를 하고 나왔는데 한 아이의 얼굴에는 시커먼 그을음이 묻어 있었고, 다른 아이의 얼굴에는 그을음이 없었다네. 그렇다면 두 아이 중에서 누가 얼굴을 씻으러 가겠는가?"

"그야 얼굴에 그을음이 묻은 아이겠지요."

제자의 대답에 랍비가 고개를 저으며 말했습니다.

"그렇지 않다. 얼굴에 그을음이 묻은 아이는 묻지 않은 아이를 보고 자기 얼굴도 말끔하리라 생각해서 씻지 않는다네. 하지만 그을음이 묻지 않은 아이는 얼굴에 새까맣게 그을음이 묻은 아이를 보고 자기 얼굴도 그러리라 생각하고 씻으러 간다네."

"과연 그렇겠군요."

제자가 고개를 끄덕이자, 랍비가 다시 물었습니다.

"그렇다면 다시 같은 질문을 하지. 굴뚝 청소를 마치고 나온 두 아이가 있네. 한 아이의 얼굴은 그을음으로 더러워져 있었고, 다른 아이는 그을음 하나 묻지 않은 깨끗한 얼굴이었네. 두 아이 중 누가 세수를 하겠는가?"

제자가 당연하다는 듯이 웃으며 대답했습니다.

"얼굴이 깨끗한 아이겠지요."

그의 대답을 들은 랍비가 고개를 저으며 단호하게 말했습니다.

"자네는 ≪탈무드≫를 배울 자격이 없네."

낙담한 제자가 반문했습니다.

"그럼 ≪탈무드≫에 나온 정답은 무엇입니까?"

랍비가 천천히 대답했습니다.

"두 아이 모두 세수를 한다는 거네. 두 아이가 함께 굴뚝 청소를 했는데 어떻게 한 아이는 얼굴이 깨끗하고, 한 아이는 더러울 수 있단 말인가?"

☞ ≪탈무드≫의 지혜는 반전(反轉)의 연속입니다.

암시장

한 재판관이 어느 날 시장에 나갔다가 수많은 장물이 거래되고 있는 광경을 목격했습니다.

그는 장물인 줄 알면서도 사는 사람들은 물론이고 파는 도둑들을 일깨우기 위해 재판소에서 뭔가를 보여 주어야겠다고 마음먹었습니다.

다음 날, 재판관은 한 마리의 족제비를 챙겨 시장에 다시 나갔습니다. 그는 시장바닥에다 족제비를 꺼내 놓고서, 그 족제비에게 조그만 고깃덩어리를 주었습니다. 그러자 족제비는 그 고깃덩어리를 입에 물더니, 그것을 감춰 두기 위해 자기 집인 구멍을 찾아 잽싸게 들어갔습니다.

그 광경을 지켜보고 있던 사람들은 족제비가 고깃덩어리를 어디에 숨겼는지 이내 알 수 있었습니다.

그러자 재판관은 이번에는 그 구멍을 막아 버린 다음 족제비에게 더욱 많은 고깃덩어리를 주었습니다.

그 순간 고깃덩어리를 물고 제 집으로 재빨리 달려간 족제비는 구멍이 막혀 있는 것을 보고 멈칫했습니다. 그러더니 그 고깃덩이를 입에 문 채 이내 재판관 앞으로 다시 돌아왔습니다.

자기가 갖고 있는 고깃덩이를 주체하지 못하게 되자, 급기야는 고기를 준 사람에게로 되돌아온 것입니다.

이 광경을 본 사람들은 그제야 시장에 나가서 여기저기 돌아다니며 물건들을 살펴보고, 각자 도둑맞았던 것들을 찾아냈습니다.

악 담

　다른 사람에 대해 악담을 하거나 모함하는 것은 세 사람을 죽이는 행위와 같습니다. 남을 험담한 당사자, 그 사람을 막지 않고 가만히 있었던 사람, 모욕당함으로써 피해를 받는 사람이 이에 해당됩니다. 그러므로 남에게 악담하는 것은 살인보다 더 잔인한 일입니다.

　뿐만 아니라 다른 사람을 해치려고 음모를 꾸미는 것 역시 흉기로 남을 해치는 것보다 잔인한 일입니다.

　흉기는 가까이 있는 사람만을 상처 입히지만, 모함은 아무리 멀리 있는 사람이라 할지라도 상처를 입히기 때문입니다.

　장작더미에 붙은 불은 물을 끼얹어 끌 수 있지만, 모함으로 상처받은 사람의 마음은 무엇으로도 위로가 되지 않습니다.

　아무리 마음이 곱고 착한 사람이라 해도 남의 험담을 하고 말버릇이 거칠다면, 아름다운 궁전 옆에서 지독한 악취를 풍기며 무두질(동물의 원피(原皮)에 기계적 및 화학적 처리를 하여 가죽을 만드는 공정)을 하는 집과 다를 바 없습니다.

사람이 손과 손가락을 마음대로 움직일 수 있는 이유는 누군가가 다른 사람을 모함할 때 재빨리 두 귀를 막기 위해서입니다.

사람은 귀 두 개, 입 하나를 가지고 태어납니다.

이는 말하는 것보다 듣는 것에 두 배로 더 많이 신경 쓰라는 암시입니다.

말이 지나치게 많아지면 물고기의 입이 낚싯바늘에 걸리듯이 인간 또한 그 입으로 인해 최후를 맞이할 수도 있기 때문입니다.

손

갓 태어난 인간은 손을 꽉 부르쥐고 있지만 죽을 때는 펴고 있습니다.

그 까닭은 무엇일까요?

태어나는 인간은 이 세상의 모든 것을 움켜쥐려 하기 때문이고, 죽을 때는 모든 것을 남아 있는 인간에게 주고 자신은 아무것도 지니지 않은 채 떠나기 때문입니다.

여우와 포도밭

여우 한 마리가 무슨 수를 써서라도 포도밭에 들어가려고 안간힘을 쓰고 있었습니다. 하지만 울타리의 틈이 너무 좁아 불룩 나온 배가 걸려서 들어갈 수가 없었습니다.

여우는 궁리에 궁리를 거듭한 끝에 자신의 불룩한 배를 들어가게 하는 것 외에는 별다른 방법이 없다고 생각했습니다.

사흘 동안을 꼬박 굶은 여우는 마침내 울타리 틈새로 들어가는 데 성공했습니다.

포도밭 안으로 들어간 여우는 단물이 한껏 오른 포도를 실컷 따 먹었습니다.

그런데 다시 밖으로 빠져나오려니 배가 불룩 나와서 도무지 빠져나갈 수가 없었습니다.

어쩔 수 없이 여우는 다시 사흘을 굶어 몸을 홀쭉하게 만든 다음 간신히 그곳에서 빠져나왔습니다.

"아이구! 들어갈 때나 나올 때나 바뀐 게 없군. 배가 고픈 것은 마찬가지니……."

여우는 이렇게 투덜거리며 산으로 올라갔습니다.

☞ 인간의 삶도 별반 다르지 않습니다. 누구나 빈손으로 왔다가 빈손으로 가기 마련입니다.

전화위복(轉禍爲福)

 랍비 아키바가 작은 등잔 하나를 들고 나귀와 개를 벗 삼아 여행을 떠났습니다.
 날이 어둑어둑해지자, 아키바는 밤의 한기를 피할 곳을 찾았습니다. 마침 가까운 곳에 있는 헛간 하나가 눈에 들어와 그곳에서 밤을 보내기로 하였습니다.
 그러나 잠을 청하기에는 아직 이른 시간이라 등잔불을 밝혀 놓고 책을 읽기 시작했습니다. 하지만 얼마 후에 바람이 세게 불어와 등잔불이 꺼지고 말았습니다. 그는 하는 수 없이 잠을 청해야만 했습니다.
 그런데 그날 밤 그가 잠든 사이에 여우가 와서 개를 죽여 버리고, 사자가 와서 그의 나귀를 죽여 버렸습니다.
 아침이 되자, 그는 개와 나귀를 잃은 슬픔을 억누른 채 등잔 하나만을 달랑 들고 터벅터벅 길을 떠났습니다.

마을에 도착했습니다. 그런데 그곳에는 사람이라고는 그림자도 보이지 않았습니다. 전날 밤에 도둑 떼가 몰려와서 집을 파괴하고 마을 사람들을 죽여 버렸다는 사실을 나중에야 알게 되었습니다.

만일 전날 밤에 등잔불이 바람에 꺼지지 않았다면, 아키바도 도둑 떼에게 들켜 죽임을 면치 못했을 것입니다. 그리고 만일 개가 살아 있었다면, 개가 짖어대는 소리를 듣고 도둑들이 몰려왔을 것입니다. 또 나귀가 살아 있었다면, 나귀가 길길이 날뛰어서 자신의 목숨도 안전하게 보전하지 못했을 것입니다.

아키바는 이 모든 것을 잃어버린 덕분에 살아남을 수 있었던 것입니다.

이 일을 겪고 난 뒤, 아키바는 이런 사실을 깨달았습니다.

'인간은 최악의 상황에서라도 희망을 잃어서는 안 된다. 나쁜 일이 좋은 일로 바뀔 수도 있다는 사실, 즉 전화위복(轉禍爲福)을 믿어야 한다.'

엉뚱한 시험

한 사나이가 이스라엘을 여행하고 있던 중에 무심코 하늘을 쳐다보았습니다.

그때 어미 까마귀와 어린 까마귀가 말다툼하고 있는 모습이 눈에 들어왔습니다.

"어째서 넌 말을 듣지 않는 거냐? 내가 들판에 쓰러져 있는 인간의 눈알을 파먹지 말라고 입이 닳도록 말하지 않더냐? 인간이란 교활하기 짝이 없어서 죽은 척하고 있기가 십상이란다. 도대체 네가 내 말을 제대로 들은 적이 있느냐?"

어미 까마귀가 이렇게 간곡히 훈계하는데도 새끼 까마귀는 귀를 기울이기는커녕 장난만 치고 있었습니다.

어미 까마귀는 마침내 참지 못하고 울화통을 터뜨리더니 새끼 까마귀를 때려죽이고 말았습니다. 그러나 노여움이 가라앉자 자신의 과격한 행동을 후회하고는 어디론가 서둘러 날아갔습니다.

　그러다가 잠시 후 어미 까마귀가 되돌아왔는데, 입에는 풀 한 줄기가 물려 있었습니다.

　어미 까마귀는 그걸 새끼 까마귀의 몸 위에 얹었습니다. 그러자 놀랍게도 죽었던 새끼 까마귀가 되살아났습니다.

　잠시 후, 어미 까마귀와 새끼 까마귀는 사이좋게 어디론가 날아갔습니다.

　사나이는 우두커니 서서 이 광경을 바라보다가 앞에 떨어져 있는 풀을 집어 올려 품 안에 넣고 여행을 계속했습니다.

　한참을 걷다가 무심코 하늘을 쳐다보니, 이름 모를 새 두 마리가 싸우고 있는 광경이 또다시 눈에 들어왔습니다.

　싸움이 몹시 치열해 보였는데, 이윽고 한 마리가 상대편을 죽여 버리고는 어디론가 날아갔습니다.

　사나이는 무슨 일이 벌어질까 하고 호기심이 일어서 걸음을 멈추고 서 있었습니다.

　얼마 후 날아갔던 새가 되돌아왔으며, 앞서와 마찬가지로 입에 풀 한 줄기를 물고 있었습니다. 그러고는 그 풀로 죽은 새를 소생시킨 다음, 두 마리가 나란히 날아가 버렸습니다.

　사나이는 까마귀의 경우와 같은 것인지 확인해 보고 싶어져서 그 풀을 집어 비교해 보았습니다. 분명히 그것과 같은 것이었습니다.

　"참 이상한 풀도 다 있군. 두 번이나 기적을 일으키다니······. 그렇다면 이걸 가지고 가서 죽은 사람들을 모두 되살려 주어야겠다."

그는 그렇게 중얼거리며 발걸음을 재촉했습니다.

얼마를 걸어가다 보니, 길바닥에 사자 한 마리가 쓰러져 죽어 있었습니다.

그는 또다시 혼잣말을 했습니다.

"이 풀에 진짜로 그런 힘이 있는지 어떤지, 이 죽은 사자에게 시험해 보자."

사나이가 죽은 사자의 몸에 풀을 얹었습니다. 그러자 놀랍게도 죽었던 사자가 벌떡 일어났습니다.

그런데 죽었다가 살아난 사자가 눈 깜짝할 사이에 사나이를 잡아먹고는 입맛을 다시더니, 어슬렁거리며 제 갈 길로 걸어가는 것이었습니다.

자기가 당하고 싶지 않은 일

어떤 남자가 위대하다고 소문난 랍비를 찾아와 말했습니다.

"내가 한쪽 다리로 서 있는 동안에 유대의 학문을 모두 가르쳐 주시오"

그러자 랍비가 대답했습니다.

"자기가 당하고 싶지 않은 일을 남에게 행하지 마라."

악마의 선물

이 세상 최초의 인간이 포도나무를 심고 있을 때, 악마가 찾아와서 물었습니다.

"지금 무엇을 하고 있는 건가요?"

그러자 인간이 이렇게 설명해 주었습니다.

"굉장히 신기한 식물을 심고 있습니다. 이 식물에는 맛있고 탐스러운 열매가 주렁주렁 열립니다. 또한 그 열매의 즙을 짜서 마시면 아주 행복해진답니다."

그러자 악마는 자신을 동업자로 삼아 달라고 부탁했습니다.

인간이 승낙하자 악마는 양, 원숭이, 사자, 돼지를 데리고 포도나무밭으로 왔습니다. 그리고선 동물들을 차례차례 죽여 그 피를 포도나무의 거름으로 주었습니다.

얼마 후 포도는 모든 인간이 술을 마실 수 있을 만큼 풍성하게 자라났습니다. 이것이 포도주가 처음으로 세상에 생겨난 기원이라고 합니다.

그런데 술은 그 피 때문에 부작용이 생겼습니다.

그래서 술을 처음 조금 마시기 시작할 때는 양처럼 온순해집니다.

그러나 조금 더 마시면 취해서 원숭이처럼 춤추고 노래합니다.

거기서 더 마시면 좀 더 취해서 사자처럼 사납게 싸움을 합니다.

이보다 더 마시면 만취해서 돼지처럼 아무 곳에서나 뒹굴고 토하면서 추한 모습을 보이게 됩니다.

이것이 악마가 인간에게 준 선물인 것입니다.

술

◇ 포도주는 금이나 은으로 된 항아리에 담는 게 아니다. 지혜가 담긴 질그릇에 담아야 하는 것이다.

◇ 포도주는 오래 묵을수록 맛이 좋아진다. 마찬가지로 지혜도 나이가 들수록 빛을 발한다.

◇ 술을 대접하는 사람의 자세가 좋으면, 어떤 술이라도 미주(美酒)가 된다.

◇ 술기운이 머리로 올라가면 비밀이 밖으로 새어 나오기 마련이다.

◇ 해가 중천에 뜰 때까지 늦잠을 자고, 낮에 술을 마시며, 저녁에 쓸데없는 말이나 지껄이고 있으면 인생을 쉽게 낭비할 수 있다.

스토리 탈무드

1판 1쇄 인쇄 | 2023. 1. 15.
1판 1쇄 발행 | 2023. 1. 20.

지은이 | 마빈 토케이어
엮은이 | 김지영
펴낸이 | 윤옥임

펴낸곳 | 브라운힐
서울시 마포구 신수동 219번지
대표전화 (02)713-6523, 팩스 (02)3272-9702
등록 제 10-2428호
ⓒ 2023 by Brown Hill Publishing Co. 2023, Printed in Korea

ISBN 979-11-5825-132-1 03890
값 16,000원

☞ 잘못 만들어진 책은 바꾸어 드립니다.